हिन्द पॉकेट बुक्स

मदर टेरेसा की सूक्तियां

5 सितंबर 1980 को हैदराबाद के एक प्रतिष्ठित मुस्लिम परिवार में जन्मी मधु धामा का बचपन का नाम फरहाना ताज है। इनकी आत्मकथा घर वापसी दुनिया की 11 भाषाओं में बेस्टसैलर हो चुकी है। जिस पर आधारित नाटक का मंचन सुनील चौहान के निर्देशन में देश के विभिन्न शहरों में दर्जनों बार हो चुका है। मूलत: उर्दू, अरेबिक और तेलुगू की जानकार एक आम गृहिणी मधु धामा ने हिन्दी साहित्य जगत और समाज सेवा में अपनी विशिष्ट पहचान बनाई है। दिल्ली पब्लिक लाइब्रेरी बोर्ड, संस्कृति मंत्रालय भारत सरकार ने इन्हें देशभक्ति से परिपूर्ण लेखन, मानवीय सेवाओं और भारतीय संस्कृति के प्रचार-प्रसार के लिए संस्कृति मनीषी सम्मान से सम्मानित किया है, जिसके तहत इन्हें डेढ लाख रुपए नगद, शॉल, श्रीफल और प्रशस्ति पत्र प्रदान किया गया।

AF669638

मदर टेरेसा

की

सूक्तियां

सम्पादक

मधु धामा

हिन्द पॉकेट बुक्स

पेंगुइन रैंडम हाउस इम्प्रिंट

हिन्द पॉकेट बुक्स

यूएसए। कनाडा। यूके। आयरलैंड। ऑस्ट्रेलिया। सिंगापुर
न्यू ज़ीलैंड। भारत। दक्षिण अफ्रीका। चीन

हिन्द पॉकेट बुक्स, पेंगुइन रैंडम हाउस ग्रुप ऑफ़ कम्पनीज़ का हिस्सा है,
जिसका पता global.penguinrandomhouse.com पर मिलेगा

पेंगुइन रैंडम हाउस इंडिया प्रा. लि.,
चौथी मंजिल, कैपिटल टावर -1, एम जी रोड,
गुड़गांव 122 002, हरियाणा, भारत

पेंगुइन
रैंडम हाउस
इंडिया

प्रथम हिन्दी संस्करण हिन्द पॉकेट बुक्स द्वारा 2013 में प्रकाशित
यह हिन्दी संस्करण हिन्द पॉकेट बुक्स में पेंगुइन रैंडम हाउस द्वारा 2022 में प्रकाशित

कॉपीराइट © मधु धामा, 2013

सर्वाधिकार सुरक्षित

10 9 8 7 6 5 4 3 2

इस पुस्तक में व्यक्त विचार लेखक के अपने हैं, जिनका यथासंभव तथ्यात्मक सत्यापन किया गया है, और इस संबंध में प्रकाशक एवं सहयोगी प्रकाशक किसी भी रूप में उत्तरदायी नहीं हैं।

ISBN 9789353492816

मुद्रकः रेप्रो इंडिया लिमिटेड

यह पुस्तक इस शर्त पर विक्रय की जा रही है कि प्रकाशक की लिखित पूर्वानुमति के बिना इसका व्यावसायिक अथवा अन्य किसी भी रूप में उपयोग नहीं किया जा सकता। इसे पुनः प्रकाशित कर विक्रय या किराए पर नहीं दिया जा सकता तथा जिल्दबंद अथवा किसी भी अन्य रूप में पाठकों के मध्य इसका परिचालन नहीं किया जा सकता। ये सभी शर्तें पुस्तक के ख़रीददार पर भी लागू होंगी। इस संदर्भ में सभी प्रकाशनाधिकार सुरक्षित हैं।

www.penguin.co.in

FSC www.fsc.org MIX Paper from responsible sources FSC® C047271

This is a legitimate digitally printed version of the book and therefore might not have certain extra finishing on the cover.

मदर टेरेसा

विषय-क्रम

क्ष

ख

ग

ज्ञ-घ

च-छ

फ

ब

भ

म

मदर टेरेसा का जीवनवृत्त

जन्म

मकदूनिया के सोपये नामक स्थान पर 26 अगस्त, 1910 को एक बच्ची का जन्म हुआ। माता-पिता ने इस बच्ची का नाम एगनस गोनाक्सा रखा, किन्तु प्यार से उसे गोंजा कहकर पुकारते थे। गोंजा के पिता एक व्यापारी थे। उनकी एक निर्माण कम्पनी थी। इसके अतिरिक्त वे खाने-पीने की दुकान भी चलाते थे। देश में उस समय तुर्की साम्राज्य का शासन था। गोंजा के माता-पिता ईसाई थे तथा उनका परिवार अल्बानियन समाज से था। व्यापारी होने के कारण गोंजा के पिता यात्राएं बहुत करते थे, इसी कारण वे एक परिषद् के सदस्य भी थे। गोंजा की माता ड्राना बड़ी समझदार थीं। वे सदैव ही जरूरतमंदों की सहायता को तैयार रहा करती थीं। गोंजा के अतिरिक्त उनके एक बेटा और एक बेटी भी थे। बेटी का नाम एगा तथा बेटे के नाम लेज़र था। गोंजा इन सबमें छोटी थी उसे माता-पिता से उदारता तथा सेवाभाव की पहली शिक्षा मिली थी।

बाल्यकाल से ही गोंजा को चोरी न करने की शिक्षा दी जाती थी। अपने भाई-बहन को मिठाई चोरी करते देख एक दिन वो उनसे बोली, "चोरी करना पाप करने के समान है।"

"हम चोरी थोड़े ही कर रहे थे, हम तो मिठाई खा रहे हैं" गोंजा की बहन ने जवाब दिया।

"मां कहती है कि मनुष्य जो भी करता है, ईश्वर उसे देखता है, क्योंकि वह हर जगह विद्यमान है।" गोंजा ने अपनी बहन से कहा।

समय बीतता चला गया और गोंजा सात वर्ष की हो गयी। इसी बीच उसके पिता का साया उसके ऊपर से उठ गया, किन्तु माता ने उसे भरपूर प्यार दिया। अपने बच्चों और अपने जीवन की आवश्यकताओं को देखते हुए मां ड्रानां ने कोई कार्य करने की सोची। वह विवाह के जोड़ों को बनाने और सिलाई-बुनाई के दूसरे कार्यों में जुट गयीं। इन सभी कार्यों को करने के बावजूद भी वह प्रतिदिन नियम से अपने बच्चों को पढ़ाने का समय निकाल लेती थीं।

वे प्रतिदिन चर्च जातीं तथा प्रार्थना करती थीं। दरवाजे पर आये गरीबों की वे अपनी सामर्थ्य के अनुसार मदद किया करती थीं।

मां की आदतों तथा शिक्षा का प्रभाव गोंजा पर पूरी तरह पड़ा था। वह भी चर्च जाना पसन्द करती थी। पढ़ने-लिखने, गाना गाने तथा प्रार्थना करने में उसकी खूब रुचि थी। उसकी माता पास-पड़ोस की गरीब महिलाओं की मदद और देखभाल करती थी। वे उनके पास जाकर उन्हें साफ-सुथरा रहने की प्रेरणा देतीं तथा खाना खाने का उचित ढंग बतातीं।

गोंजा के पड़ोस में एक गरीब विधवा रहती थी। उसके छः बच्चे थे। गोंजा की माता कभी-कभी काम अधिक होने के कारण उसके यहां नहीं जा पाती थीं। उस समय यही काम गोंजा किया करती थी। गोंजा को यह काम करने में बड़ा आनन्द आता था।

एक दिन अचानक उस विधवा की मृत्यु हो गयी। इस स्थिति में गोंजा की माता ड्रामा ने उसके छः बच्चों को अपने घर आश्रय देने तथा उनका पालन-पोषण करने का निश्चय किया। शायद उन्हें उस समय यह अहसास भी नहीं रहा होगा कि ऐसा करके वे अपनी बेटी को ऐसी शिक्षा दे रही हैं, जिससे वह एक दिन बड़ी होकर मदर टेरेसा के नाम से प्रसिद्ध होकर संसार के निर्धन तथा लाचार लोगों के लिये वरदान साबित होगी। सारा संसार उसे 'मदर' के नाम से पुकारेगा। गोंजा को सेवाभाव अपने

परिवार के संस्कारों से ही प्राप्त हुआ था। इस बीच लेज़र को आस्ट्रिया में छात्रवृत्ति मिल गई, एगा बिजनेस स्कूल जाने लगी और एगनस ने लाइसियम में दाखिला ले लिया। वह अच्छी तरह पढ़ी। एगा के साथ उसने गाने भी गाए। वह गिटार की तरह का एक बाजा भी बजाती थी। इस तरह दिन महीनों में और महीने वर्ष में बदलते रहे।

एक दिन वह कुछ शरारती बच्चों के साथ खेल रही थी। वहां उसके भाई-बहन भी थे। मां ने जब गोंजा को वहां खेलते देखा तो उन्हें अच्छा नहीं लगा, क्योंकि मुहल्ले के बच्चे गन्दे थे। मां को इस बात का डर था कि असभ्य बच्चों की छाप गोंजा पर न पड़ जाए। यही सोचकर उन्होंने अपने बच्चों को गन्दे बच्चों से दूर रखने का उपाय सोचा। एक दिन वे बाजार से एक पेटी सेब खरीद कर लाई। पेटी में एक सेब सड़ा था। उन्होंने बच्चों को आवाज दी, "बच्चो! आओ, सेब खा लो।"

मां की आवाज सुनकर उनके बच्चे दौड़ते हुए आए। सेब की पेटी उनके सामने थी। मां ने पेटी में से पहले सड़ा हुआ सेब निकाला और सेबों के बीचों बीच रखते हुए कहा, "मैंने सड़ा हुए सेब को पेटी के बीच में रख दिया है। अब हम सभी सुबह को सेब खाएंगे।"

गोंजा ने मां की बात मान ली, लेकिन लेज़र और उसकी बड़ी बहन के मुंह में पानी आ गया। दोनों सेब तुरंत खाना चाहते थे। लेकिन मां के बार-बार आग्रह करने पर वे सेब सुबह खाने के लिए राजी हो गए। सुबह हुई तो बच्चे रात की बात भूल गए, मां जानबूझकर चुप बैठी रही। इसी बीच दो-तीन दिन गुज़र गए। फिर बच्चों को सेब की याद आई। लेज़र मां के पास पहुंचा, "मां, कई दिन हो गए, आपने सेब नहीं खिलाया।"

"पेटी उठा लाओ बेटा। अभी खिलाती हूं सेब।" मां ने उत्तर दिया। लेज़र सेब की पेटी उठा लाया। उसने जब पेटी खोलकर देखी तो सारे सेब सड़े हुए थे। वह मुंह बिचकाते हुए मां से बोला, "अब मैं इन्हें नहीं खा सकता। ये तो सड़े हुए सेब हैं।"

"मगर ये सड़ क्यों गए? क्या आप इनके बारे में कुछ जानते हैं।" मां ने पूछा।

"आप खरीदकर लाई हो...आप जानो।" लेज़र बोला।

"सुनो! सेबों के सड़ने की वजह मैं बताती हूं।" मां ने अपने बच्चों की ओर देखते हुए कहा, "जिस प्रकार से एक सड़ा हुआ सेब पेटी के सभी सेबों को सड़ा देता है, उसी तरह से एक गन्दा बच्चा अपने साथ के सभी बच्चों को गंदा बना सकता है। तुम लोग जिन बच्चों के साथ खेलते हो, वे गन्दे हैं। बोलो, तुम लोग अभी भी उनके साथ खेलने जाओगे?"

"नहीं मां। हमें गंदे बच्चों से दूर रहना है।" लेज़र ने अपना कान पकड़ते हुए कहा।

मां की बातों का उन बच्चों पर इतना असर पड़ा कि उन्होंने गंदे बच्चों का साथ छोड़ दिया।

गोंजा को समाज-सेवा करने की प्रेरणा

पीड़ितों के प्रति गोंजा के हृदय में बाल्यकाल से ही प्रेम का सागर उमड़ने लगा था। यह उनकी माता द्वारा दी गयी शिक्षा के कारण था। स्कूल जाते समय रास्ते में लाचार तथा बेबस लोगों को देखकर गोंजा का हृदय द्रवित हो उठता था। वह घर आकर इस बारे में माता को बताती तो वे उसे उन लोगों की सेवा करने का सुझाव देतीं। अध्ययन के दौरान 'गोंजा' ने 'सीसो' का जीवन-परिचय बढ़ा। वह 'सीसो' द्वारा की गयीं सेवाओं से बहुत प्रभावित हुईं। उसने भी 'सीसो के समान समाज-सेवा करने का निश्चय किया।

भारत आने का संकल्प

सन् 1914 ई. में यूरोप में महाविनाशक प्रथम महायुद्ध आरम्भ हुआ, जिसने वहां के जन-जन को हिलाकर रख दिया। उस समय गोंजा केवल

चार वर्ष की थी। उसके बाल-हृदय पर भी इस घटना का गहरा प्रभाव पड़ा।

समय का चक्र चलता रहा। एगनस गोनाक्सा बालिका से किशोर युवती बन गईं। अपने स्कूली जीवन में ही 'सोडालिटी' नामक संस्था से उनका सम्पर्क हुआ। वे इस संस्था की सदस्या बन गईं। अब उनके जीवन को एक नई दिशा मिलनी आरम्भ हो गई थी। उनके विचारों तथा चिंतन को नया आयाम मिला। इस नए चिंतन ने ममता की मूर्ति मां टेरेसा का निर्माण किया।

शैशव के साथ-साथ किशोरवस्था भी बीत गई। गोंजा के घर में सभी प्रकार का सुख था। किन्तु उन्हें तो अनेक निराश्रितों, दुखियों, उपेक्षितों की मां बनना था।

मदर का विद्यार्थी जीवन चल ही रहा था कि उसी समय यूगोस्लाविया के कुछ जेसुइट ईसाइयों का कलकत्ता में कार्य करना सुनिश्चित किया गया। जेसुइट्स का पहला दल 30 दिसम्बर, 1925 को कलकत्ता पहुंचा। यहां पर ये जेसुइट्स अपने कार्यों में जुट गए। इन्हीं लोगों में से एक व्यक्ति कार्सियोंग गया।

कार्सियोंग पहुंचे व्यक्ति ने यहां के कार्यों के विषय में अनेक पत्र मदर टेरेसा के स्कूल में सोडालिटी के सदस्यों को पढ़ाये गए। लगभग बाहर-तेरह वर्ष की अवस्था में ही ये पत्र मदर टेरेसा को पढ़ने तथा सुनने को मिले। इन पत्रों का यह प्रभाव हुआ कि हज़ारों मील की दूरी भी कोई बाधा नहीं बन सकी। इनके माध्यम से ही उन्हें भारत के प्रति आकर्षण का अनुभव हुआ। इन पत्रों को पढ़कर ही उन्होंने भारत आने का निश्चय कर लिया।

मदर टेरेसा का भारत आगमन

सन् 1927 में एगनस का भारत आगमन हुआ। उस समय वे केवल सत्रह वर्ष की थीं। भारत में उस समय अंग्रेज़ों का अत्याचार पराकष्ठा पर था।

स्वतन्त्रता सेनानी अपनी शहादत देकर भारतीयों को जाग्रत कर चुके थे। ऐसे समय में जब एगनस भारत आयीं तो यहां की दर्दनाक स्थिति को देखकर उनका हृदय द्रवित हो गया। यहां पर उन्हें ऐसे बेसहारा लोग नज़र आए, जो कि भयंकर रोगों से पीड़ित थे तथा सड़कों पर अपना जीवन यापन कर रहे थे। वे न तो ठीक प्रकार भोजन कर पाते थे और न ही उनके पास तन ढकने को कपड़े थे। एगनस का हृदय उन्हें देख करुणा से भर उठा। उसी दिन से उन्होंने भारत के रोगियों तथा बेसहारा लोगों की सेवा करने का संकल्प लिया तथा भारत को अपनी कर्मभूमि बनाया।

सन् 1928 में एगनस स्पेन की संन्यासिनी 'टेरेसा' से बहुत प्रभावित हुई और उन्होंने अपना नाम 'सिस्टर टेरेसा' रख लिया। काफी समय बाद लोग उन्हें 'मदर टेरेसा' पुकारने लगे। कुछ लोगों के अनुसार, उन्हें 'मदर' कहलवाना बहुत पसंद था, क्योंकि 'मां' से पवित्र शब्द कोई हो ही नहीं सकता। उन्होंने ममता बांटने के उद्देश्य से अपना नाम 'मदर' रखा था। उनके अनुसार ममता बांटने वाली मां ही होती है।

एगनस ने भारत में स्लोवियन और क्रोशियाई मिशनरियों के काम के बारे में बहुत कुछ छोटी उम्र में ही पता कर लिया था। लेगन ऑफ मैरी जाना उनके जीवन की महत्वपूर्ण घटना थी। एक पादरी को जाति-व्यवस्था के बारे में पढ़ाने में मुश्किल हो रही थी, एगनस ने उनकी मदद की। बारह वर्ष की उम्र में ही उसने निश्चय कर लिया कि वह अपना सारा जीवन ईश्वर की सेवा में लगाएंगी। इसके लिए उसने ईश्वर से प्रार्थना भी की। इस सम्बन्ध में वह अपनी माता और बहिन से भी बात कर चुकी थी। एगनस के मन में तरह-तरह की भावनाएं उभरती रहती थीं। उसने अनुभव किया कि जैसे कोई उससे कह रहा हो कि यदि तुम जीवन भर ईश्वर की सेवा करना चाहती हो, तो दुःखी और ग़रीब लोगों की सेवा करो। इस काम में तुम खुशी अनुभव करती हो तुम्हारी आत्मा की यही खुशी, तुम्हारे जीवन में सही राह दिखाएगी। 18 वर्ष की आयु तक उन्होंने पक्का इरादा कर लिया था कि जीवन भर लोगों की सेवा करने का कार्य

करेंगी। पिछले दो वर्षों तक वह लेटनीस में कुछ धार्मिक संस्थाओं में सहायक रही थीं। उन्होंने साफ कह दिया था कि वह एक मिशनरी के रूप में भारत जाना चाहती हैं।

दिसम्बर, 1928 को अपनी इच्छा पूरी करने के लिए एगनस भारत जाने के लिए तैयार हुईं। उनके दोस्त, सहपाठी, पड़ोसी, मां और बहन एगा उन्हें स्टेशन तक छोड़ने आए। वह ऑस्ट्रिया, स्विट्जरलैण्ड, फ्रांस से लन्दन होते हुए इबाई पहुंचीं। इबाई सिस्टर लौरिटो की मातृभूमि थी। वह भारत में पहले से ही अच्छी तरह काम कर ही थीं। वहां उन्होंने सिस्टर के कपड़े लिए और अपना नाम सिस्टर टेरेसा वहीं रखा था। यह नाम उन्होंने लिसीक्स की छोटी टेरेसा के नाम पर रखा था, जहां लंदन जाते समय रुकी थीं। अन्त में वह अपने सपनों के देश भारत चली गईं। 1929 के शुरू में वह कोलम्बो (श्रीलंका) पहुंचीं, वहां से मद्रास और फिर कोलकाता। कुछ समय कोलकाता में बिताने के बाद हिमालय की वादियों में बसे शहर दार्जिलिंग चली गईं। वहां एक युवा सिस्टर अपना प्रशिक्षण शिविर चला रही थी। 23 मई, 1929 को उन्हें भी शिक्षार्थी के रूप में स्वीकार लिया गया। दो वर्षों तक प्रशिक्षण लेने के बाद वह कोलकाता चली आईं, ताकि एक शिक्षिका बन सकें। इसके लिए उन्होंने अपनी आगे की पढ़ाई भी शुरू कर दी।

उनको जब भी समय मिलता, वह बीमारों और दीन-दुःखी लोगों की सेवा करतीं। पढ़ाई समाप्त होने के बाद उन्हें शिक्षिका का काम मिल गया। कक्षा में आते ही सबसे पहले वह वहां की सफाई करतीं, विद्यार्थियों पर इसका बड़ा अच्छा असर पड़ता। बच्चों में सफाई रखने की आदत डालने का यह उनका अपना अलग और बिल्कुल सही तरीक़ा था। जल्दी ही वह अपने अच्छे व्यवहार और विनम्र स्वभाव के कारण बच्चों में लोकप्रिय होती चली गईं। बच्चों की देखभाल करते समय वे इस बात का भी ध्यान रखतीं कि वे कैसा खाते हैं या कैसी जगह में रहते हैं और उनके अभी के हालात में पहले से ही मौजूद सुविधाओं द्वारा यदि कोई सुधार किया जा सकता है, तो इसके लिए बच्चों को प्रेरित भी करती थीं।

उनके प्रेम में सदैव ममता की भावना होती। इसी ममता और लगाव के चलते बच्चे उन्हें मदर (मां) कह कर पुकारने लगे। रविवार को वह थोड़ा समय निकालकर बच्चों के अभिभावकों से मिलने जातीं।

कुछ समय पश्चात् उन्हें कोलकाता के एक केन्द्र में एक बंगाली बालिका विद्यालय की प्रधान अध्यापिका बना दिया गया। उन्होंने काफी समय तक उसमें इतिहास और भूगोल पढ़ाया। उनके विद्यालय के पास ग़रीबों की एक बस्ती थी। उनके मामूली रहन-सहन और घनी परेशानियों को देखकर वह भी परेशान हो उठीं। इसीलिए उन लोगों की देखभाल करनी शुरू कर दी। संसार के अधिकतर लोग मामूली सी सुविधाओं के बिना परेशानी सहने वालों के बारे में सोचते भी नहीं, लेकिन मदर टेरेसा का मानना था कि महान सेवा वही है, जिसमें ग़रीब और दुःखी लोगों की भरपूर मदद की जाये।

उनके विचार उनके कार्यों से दिखते थे। वह अक्सर लड़कियों के साथ अस्पतालों, ग़रीब लोगों की बस्तियों और ज़रूरतमन्दों को देखने जातीं। जितना भी उनकी भलाई के लिए कर सकती थीं, बहुत उत्साह से करतीं। फादर हेनरी आध्यात्मिक गुरु थे। वह बेल्जियम के मूल निवासी थे। उन्होंने अपने अच्छे कार्यों द्वारा महान समर्पण की भावना को दर्शाया था। कई वर्षों तक वह मदर टेरेसा को सेवाभाव की अच्छी बातें बताते रहे। वैसी समर्पण भावना से प्रेरणा लेकर मदर टेरेसा को ग़रीबों के लिए और भी अधिक कार्य करने की लगन लगी। सही मायनों में वह यह कार्य बहुत बड़े पैमाने पर करना चाहती थीं।

सभी योजनाओं को मन में संजोए कुछ समय बाद वह दार्जिलिंग चली गईं। वह 10 सितम्बर का दिन था। इस यात्रा के बारे में उन्होंने खुद कहा था, "यह मेरे जीवन की सबसे महत्वपूर्ण यात्रा थी।" आगे यह भी कहा था कि उन्होंने अनुभव किया कि वास्तव में ईश्वर की वाणी ने उनसे कुछ कहा। ईश्वर का उनके लिए संदेश था कि वह स्कूल छोड़कर देश और ग़रीबों की मदद के लिए उनके साथ ही रहे। यह एक आदेश था कि अब उन्हें ईश्वर की इसी शक्ति के लिए कार्य करना है। उनके अनुसार

उन्होंने अनुभव किया था कि कुछ हुआ था, पर यह सब किस प्रकार हुआ, इसका बिल्कुल भी पता नहीं चल पाया, क्योंकि यह एक दिव्य अनुभव था। तब से उस सोसाइटी के लिए 10 सितम्बर का दिन बहुत खास माना जाने लगा और उसे 'प्रेरणा दिवस' के रूप में घोषित किया गया।

इस अनुभव के बाद मदर टेरेसा ने स्कूल छोड़ने और ग़रीबों के बीच रहकर उनकी सेवा करने के उद्देश्य से कोलकाता के बिशप मौंगसिगनर प्रायार से अनुमति मांगी, लेकिन उन्हें सफलता नहीं मिली। इसके बाद उन्होंने इस बारे में फादर हेनरी और कलेस्टे वान से बात की, जो टेरेसा को अच्छी तरह से जानते थे। उन्होंने इस विषय पर अच्छी तरह से गौर किया। उनका मत था कि भारत शीघ्र ही स्वतंत्र होने वाला है और क्योंकि सिस्टर टेरेसा यूरोपियन हैं, इसलिए उनके लिए भारत में राजनीतिक और दूसरे खतरे भी मंडरा सकते थे। वे दोनों इस मुद्दे पर रोम की मर्जी जानना चाहते थे। अन्त में बिशप ने सिस्टर टेरेसा से कहा कि वह अभी इंतजार करें और फैसले के अपने पक्ष में आने की प्रार्थना करती रहें। एक साल के बाद मदर टेरेसा ने दोबारा बिशप के सामने अपनी यही इच्छा रखी, तब उन्होंने सोचा कि इसकी अनुमति रोम से या फिर डबलिन स्थित मदर जनरल से लेनी होती है, तभी तो इस निर्णय में काफी समय लगा। आख़िरकार मदर टेरेसा को अगस्त 1948 को इस आधार पर कि वह ग़रीबों, बीमारों, पीड़ितों, अपंगों के लिए अपनी इच्छा से जीवन भर उनके बीच रहकर कम करेंगी, लौरेटो सम्प्रदाय छोड़ने की आज्ञा मिल गई। उस समय मदर टेरेसा 38 वर्ष की थीं।

सादगी भरा जीवन अपनाया

मदर टेरेसा ने एक सस्ती सफेद रंग की नीली धारी वाली साड़ी पहनी और ग़रीबों की मदद करने में अपना सारा जीवन अर्पित करने को तैयार हो गई। सबसे पहले वह नर्स के प्रशिक्षण के लिए पटना (बिहार) गईं, जहां पहले ही कई दूसरी सिस्टर्स भी प्रशिक्षण ले रही थीं। मदर टेरेसा अच्छी तरह जानती थीं कि जो काम वह करना चाहती हैं, उसके लिए उन्हें यह जानना ज़रूरी है कि साफ-सफाई का सही तरीक़ा क्या है? मरीजों की

देखभाल कैसे की जाती है? ताकि वह मरीजों की सही ढंग से सेवा कर सकें और उन्हें उनकी बीमारी के कारण तथा बचने का उपाय बता सकें। इसके लिए भी प्रशिक्षण आवश्यक था। मदर टेरेसा का ऐसा सोचना यह दिखाता था कि वह योजना बनाकर काम करते हुए जीवन गुज़ारना चाहती हैं।

पटना में नर्सिंग के प्रशिक्षण के समय एक रोचक घटना घटित हुई। एक डॉक्टर से मदर टेरेसा ने कहा था कि वह ग़रीबों की सेवा उनके साथ रहकर और उन्हीं की तरह खान-पान करते हुए, जैसे नमक और चावल खाकर जीवनयापन करना चाहती हैं, तो उस डॉक्टर के जवाब में जीवन की कई अनसुलझी बातें भरी पड़ी थीं। उन्होंने मदर टेरेसा से कहा कि आपका इस प्रकार सोचना अपने संकल्प को पूरा करने के लिए उसमें पूरी तरह से डूब जाने के लिए दृढ़ इच्छाशक्ति एक आवश्यक कदम है, लेकिन जो आपने ठान रखी है, उसके लिए आपका अच्छा स्वास्थ्य भी ज़रूरी है।

कोलकाता वापिस आकर मदर टेरेसा अपने संकल्प को पूरा करने में जुट गईं। वह ग़रीबों की बस्तियों में घूमतीं। दुखियों की तलाश में सड़कों पर फिरतीं, निराश और परेशान लोगों से बातें करतीं। निःस्वार्थ भाव से उनकी मदद करतीं। वह सदैव अपने साथ पांच रुपये और साबुन का एक टुकड़ा रखतीं। बच्चों को साफ रहने के लिए ज़ोर देतीं। खुद ही उन्हें साफ-सुथरा बनाने लगतीं। घायलों के घावों को धोतीं, दवा लगाकर पट्टी बांधतीं। ग़रीब लोगों के लिए, मरीजों के लिए शुरू में मदर टेरेसा आश्चर्य का विषय बन गईं कि धरती पर यह देवदूत कैसे! कुछ समय बाद बच्चों को पढ़ाना भी शुरू कर दिया। उन्होंने बच्चों को सिखाया कि पढ़ा कैसे जाता है, लिखा कैसे जाता है, साफ-सुथरा कैसे रहा जाता है। उन्हें अपने इस कार्य के लिए हमेशा सही दवा, कपड़े, भोजन और ग़रीबों के आश्रय के लिए जगह आसानी से मिल जाती थी। दोपहर में अक्सर जो बच्चे आते थे, उन्हें एक कप दूध और एक साबुन का टुकड़ा दिया जाता था। इसके बाद मदर टेरेसा उन्हें ईश्वर की प्रार्थना करवातीं और प्रार्थना का महत्व बतलातीं। वह सुबह जल्दी ही उठ जाया करती थीं और

काफी समय प्रार्थना में बिताती थीं। बाद में लोगों से बहुत प्यार से मिलती और उनके आध्यात्मिक जीवन की तह तक जाने का प्रयास करतीं। साथ ही उनकी परेशानियां जानकर उन्हें हल करने का प्रयास करतीं। मिस्टर गोम्स नामक एक व्यक्ति ने अपने घर का ऊपरी तल मदर टेरेसा को उनके सामाजिक कार्यों के लिए दे दिया था।

सभी कार्य करते हुए उन्होंने सन् 1949 में भारतीय नागरिकता भी हासिल कर ली। धीरे-धीरे उनके कार्यों पर लोगों का ध्यान जाने लगा और लड़कियों ने भी उनके कदमों पर चलते हुए उनका हाथ बंटाना शुरू कर दिया। दिन-प्रतिदिन उनकी मदद करने वाले लोगों की संख्या बढ़ती जा रही थी और वह हमेशा की तरह सभी के साथ भलाई के कार्यों में लगी रहतीं। बीमार और दीन-दुखी लोगों की संख्या में भारी वृद्धि हो गई तो उनका सहयोग करने और अपनी सेवाएं प्रदान करने के लिए समर्पित सिस्टरों की भी वृद्धि होती गई। मदर टेरेसा कहा करती थीं :

"हम लोगों का कार्य मानवता की भलाई करना है। हम कोई समाज सुधारक नहीं हैं। हम समाज सेवक भी नहीं हैं। हम लोगों में ईश्वर का प्रेम और खुशी लाना चाहते हैं। ईश्वर हम सभी को बराबर का प्रेम करते हैं। हम सभी को ईश्वर के पास लाना चाहते हैं। हमारे माध्यम से ईश्वर सभी को प्रेम तो प्रदान करते ही हैं, ठीक उसी समय हम भी ईश्वर को अपनी सच्ची पूजा दे रहे होते हैं, क्योंकि दीन-दुखी लोगों को प्रेम करना, उनके दुःखों में उनकी मदद करना ही ईश्वर की सच्ची पूजा है।"

एक बार वे रेलगाड़ी से यात्रा कर रही थीं। हिमालय की बर्फ से आच्छादित चोटियों को देख वे सम्मोहित सी हो गईं। इस दृश्य ने उनके अन्तर्मन को झकझोर दिया। उन्हें ऐसा लगा जैसे कोई अदृश्य शक्ति उन्हें दीन-दुखियों की सेवा करने का आदेश दे रही है। उसी समय मदर ने हिमालय को साक्षी मानकर मन ही मन यह प्रण लिया कि वे स्वयं को मानव सेवा में समर्पित कर देंगी। यही प्रण वर्षों पूर्व इसी जगह पर सिस्टर निवेदिता ने लिया। निवेदिता, स्वामी विवेकानन्द की शिष्या थीं। भारत आने के पश्चात् मदर ने कोलकाता को अपना कार्यक्षेत्र बनाया। वे सन्

1946 में 'मिशन ऑफ चैरिटी' की स्थापना के लिए कड़ा संघर्ष कर रही थीं। उस समय वे कोलकाता में माइकल गोम्स के मकान में तीसरी मंजिल पर बने एक कमरे में रहा करती थीं। आर्थिक अभाव के कारण मदर को भोजन की समस्या से जुझना पड़ रहा था, माइकल के परिवार वाले समय-समय पर मदर की सहायता करते रहते थे।

एक दिन की बात है, मदर माइकल के साथ ट्रॉम में यात्रा कर रही थीं। ट्राम में उस समय काफी भीड़ थी तथा उसमें बैठे यात्री मदर को आश्चर्य से देख रहे थे। मदर के बंगाली पहनावे पर उन्हें आश्चर्य हो रहा था। उसी समय एक यात्री ने दूसरे से कहा, "यह विदेशी महिला हैं, यहां भारत में मानव-सेवा करने के लिए आयी हैं।"

उसकी बात सुनकर दूसरा यात्रा बोला, "अरे, तुम्हें नहीं मालूम। यह महिला सेवा करने नहीं, बल्कि अपने धर्म का प्रचार करने यहां आयी हैं।"

"आप बिल्कुल सही कह रहे हैं।" तीसरा यात्री बोला, "यह महिला भारतीय पहनावा धारण करके हम सभी को भ्रम में डालना चाहती हैं। तथा हमारे धर्म का परिवर्तन भी करना चाहती हैं।" मदर टेरेसा बड़े गौर से उन यात्रियों की बातचीत सुन रही थीं, लेकिन इसका उन्होंने कोई भी उत्तर नहीं दिया। माइकल को यह बातें पसंद नहीं आईं। वे कुछ कहना चाहते थे, इससे मदर उनसे बोलीं, "भारत मेरा देश है तथा मैं भारत की हूं।" उनकी बात सुनकर तीनों यात्री बहुत शर्मिन्दा हुए, इसके पश्चात् उन्होंने कुछ नहीं कहा।

कलकत्ता की मोती झील बस्ती में मदर बच्चों के लिये एक विद्यालय खोलना चाहती थीं। इस कार्य के लिये उन्हें लोगों की सहायता की आवश्यकता थी। इसी कारण से वे चर्च के पादरी हेनरी के पास पहुंची और बोलीं, "फादर, मैं मोती झील में बच्चों के लिये एक स्कूल खोलना चाहती हूं। इसके लिए मुझे आपके सहयोग तथा आशीर्वाद की आवश्यकता है। आप कृपया मुझे आशीर्वाद दें।"

"आप चिंता न करें। इस काम में मैं आपका पूरा सहयोग करूंगा।

ईश्वर आपको सफल करें, मेरी यही कामना है।" फादर ने आशा के साथ कहा।

मोती झील की बस्ती में एक संस्था कार्यरत थी। इसी संस्था ने मदर की सहायता की। अपने ध्येय से लोगों को अवगत कराने के लिए मदर ने पूरी बस्ती में घूम-घूमकर लोगों के बीच अपनी पहचान बनाई। एक ग़रीब परिवार ने जब यह सुना कि मदर बस्ती में विद्यालय स्थापित करना चाहती हैं तो उसे बड़ी खुशी हुई। उसने मदर का बहुत सम्मान किया तथा विद्यालय में अपने बच्चों को भेजने का वचन दिया।

पहले दिन मदर के पास पांच बच्चे आए। ये बच्चे बहुत गंदे थे तथा इनके कपड़े भी गन्दे थे। मदर ने उन बच्चों को नहलाया-धुलाया, उनके कपड़े साफ किए। इसके पश्चात् उन्हें एक-दूसरे से मिलने का शिष्टाचार सिखाया। मदर ने बस्ती घूम-घूमकर स्कूल के लिए कई स्थान देखे। उन्हें बस्ती के बीचों-बीच एक खुला स्थान पसंद आ गया। यहां की ज़मीन ऊबड़-खाबड़ थी। यहां पर नीम के पेड़ों की छाया रहती थी। बच्चों को छाया में बैठाकर पढ़ाया जा सकता था। यहां पर दरी आदि बिछाने की आवश्यकता भी नहीं थी, क्योंकि ज़मीन पर हरी-हरी घास उगी हुई थी। वहां पर कार्यरत संस्था से मदर ने विचार-विमर्श किया तथा उसी स्थान पर बच्चों को पढ़ाने का निश्चय किया। उस जगह की साफ-सफाई कराई गई, इसके पश्चात् मदर ने बच्चों को शिक्षा देना आरम्भ किया।

वहां पर न तो कुर्सी-मेज़ थी और न ही कॉपी-कलम, किन्तु इन सब चीज़ों का मदर की सेवा भावना से अधिक महत्व नहीं था। मदर पूरी लगन से उन बच्चों को अपनी सेवा प्रदान करना चाहती थीं, जिससे वे बच्चे पढ़ लिखकर संस्कारी बन सकें।

पहले दिन बच्चों की शिक्षा शुरू हुई। उन्होंने नीम की टहनी को अपना कलम बनाया तथा धरती को ब्लैक बोर्ड। बच्चे भी टहनी की कलम से ज़मीन पर लिखने लगे। पहले मदर वर्णमाला के शब्दों को कहतीं, बच्चे उन्हें दोहराते तथा ज़मीन पर लिखकर याद करते। पढ़ाई के

दौरान बच्चे बहुत उत्साहित नज़र आ रहे थे। मदर के स्कूल चलाने की सूचना बस्ती में ज़ोर-शोर के साथ फैलती चली गई। एक व्यक्ति ने उपहारस्वरूप मदर को कुर्सी तथा मेज़ प्रदान की। इसी प्रकार कुछ लोगों ने ब्लैकबोर्ड भी दिए। कुछ ने कॉपी-पेन्सिल दिए। वहां पर बच्चों की संख्या दिनों-दिन बढ़ने लगी। कुछ पढ़ी-लिखी महिलाएं भी शिक्षा देने के उद्देश्य से मदर के पास आईं।

बस्ती के जितने भी बच्चे मदर के पास पढ़ने आते थे, वे सभी असभ्य थे। उन्होंने परिश्रम तथा लगन से अनेक बच्चों को सुधार दिया था, किन्तु कुछ बच्चों में सुधार अभी भी नहीं आया था। किन्तु प्रतिदिन उनके अन्दर कुछ न कुछ बदलाव देखने को मिल रहा था। उन बच्चों के अतिरिक्त कुछ बड़े लोग भी उस विद्यालय में पढ़ने आते थे।

अब मदर का विद्यालय प्रगति की राह पर चल पड़ा था। एक महानुभाव ने जब यह प्रगति देखी तो उन्होंने सौ रुपये मदर को सहायता के रूप में दिए। उसी दिन मदर ने दो कमरे किराए पर ले लिए। एक कमरे में तो वे विद्यालय चलाने लगीं तथा दूसरे कमरे में रोगियों को दवाइयां दी जाने लगीं। अब मदर का प्रयास रंग ला रहा था। लोग उनके कार्यों की प्रशंसा करने लगे थे, किन्तु कुछ लोग मदर की सफलता को लेकर आशान्वित नहीं थे। शायद वे नहीं जानते थे कि मदर इस छोटे से स्कूल से पूरे विश्व में लोकप्रिय हो जाएंगी।

अपनी संस्था का नाम मदर ने 'मिशन ऑफ चैरिटी' रखा। कोई भी व्यक्ति अभी तक उनका साथ देने के लिए पूर्ण रूप से आगे नहीं आया था। मदर ने अपनी संस्था में अध्यापन के लिए 'सिस्टर्स' को नियुक्त किया था। सिस्टर्स बस्ती में दीन-दुखियों तथा रोगियों का हाल जानने के लिए भी जाती थीं। एक दिन मदर को बस्ती में जाना था। उन्होंने अपने साथ माइकल की बेटी 'मेबेल' को लिया और बस्ती की ओर चल दीं। तेज़ बारिश के कारण वे समय से घर न लौट सकीं। मेबेल के घरवाले परेशान हो गए। काफी देर के बाद मेबेल तथा मदर भीगी हुईं घर आयीं। उन दोनों के पैर कीचड़ में लथपथ थे। माइकल को उनकी हालत पर

बहुत अफसोस हुआ, वे बोले, "आपको बरसात में भीगने की क्या आवश्यकता थी, कहीं रुक गई होतीं। बारिश बन्द होने के पश्चात् आ जातीं। आप लोगों की तबीयत ख़राब हो गई तो क्या होगा?"

उनकी बात सुनकर मदर ने नम्रता के साथ कहा, "मुझे माफ कर दें मिस्टर माइकल। मेबेल मेरे कारण भीग गई। ऐसा नहीं होता, किन्तु एक दृश्य को देखने के कारण हमें भीगना पड़ा।"

"कैसा दृश्य, मदर?" माइकल ने आश्चर्य से पूछा।

"जब हम लोग मोती झील बस्ती में गए तो बारिश हो रही थी। अपनी खुली हुई झोंपड़ी में एक ग़रीब स्त्री भीग रही थी। उसकी गोद में एक नवजात बच्चा था। बच्चे का शरीर बुरी तरह बुखार से तप रहा था। बारिश के साथ-साथ चलने वाली हवा बच्चे को कंपा दे रही थी। यह देख मेरा हृदय दहल गया। मैं कांपने लगी। अभी भी मेरा शरीर मेरे वश में नहीं है।" मदर ने बड़े दुःखी मन से उस घटना को बताया।

"किन्तु मदर! मेरी समझ में यह नहीं आ रहा कि वह औरत बरसात में इस प्रकार क्यों भीग रही थी?"

"उसने झोंपड़ी मालिक को दो माह से किराया नहीं दिया था, इसी कारण मालिक ने झोंपड़ी पर से छत को हटा लिया था। इसी कारण उसे मजबूरीवश बरसात में भीगना पड़ रहा था। मुझे तो उसका झोंपड़ी मालिक बड़ा ही क्रूर लगता है। उसने औरत को धमकी दी है कि दो दिन के अन्दर अगर किराया नहीं दिया तो वह झोंपड़ी भी हटा लेगा। औरत बेचारी क्या करे, उसका पूरा सामान भीग गया है। मुझे तो सबसे अधिक चिंता उस बच्चे की सता रही है। हमें बच्चे के लिए कुछ करना चाहिए माइकल।"

"आप बतायें मदर। हमसे जितना हो सकेगा, करेंगे। वैसे तो उस औरत को झोंपड़ी से हट जाना चाहिए।"

"झोंपड़ी पर उस औरत का अधिकार है। अगर वह वहां से हट गई

तो उस पर कोई और कब्जा कर लेगा। अगर हम लोग उसका किराया अदा कर दें तो उस नवजात बच्चे को बचाया जा सकता है।”

मदर की बात से माइकल सहमत थे। उन्होंने तथा मदर ने झोंपड़ी मालिक को किराया अदा कर दिया, झोंपड़ी पर छत रख दी गई। उस ग़रीब औरत तथा उसके बच्चे को सहारा मिल गया। उसी दिन से मदर अपनी पूरी शक्ति के साथ ग़रीबी से लड़ने को तैयार हो गईं। अब उनका आत्मविश्वास भी बढ़ गया था।

संकीर्णतावाद से भी सामना

हर अच्छे कार्य का भी लोग अपने हृदय की संकीर्णता के कारण विरोध करना नहीं छोड़ते। काली मां के मन्दिर के समीप हिन्दू धर्मशाला में सेवा संस्थान को खड़ा होते देखकर कुछ संकीर्ण विचार वाले लोगों ने इसके विरुद्ध प्रबल आंदोलन छेड़ दिया। शोर-गुल के साथ कुछ लोग हिंसात्मक घटनाओं के लिए उतारू हो गए। ऐसी उत्तेजक और निराशाजनक स्थिति में भी मदर ने बिना विचलित हुए जिस धीर-गंभीर, उद्वेग रहित शान्त मनोवृत्ति का परिचय दिया, वह सराहनीय था। आंदोलनकारियों की भीड़ 'निर्मल हृदय-संस्थान' में बड़ी उत्तेजनात्मक नारेबाज़ी करके अपना आक्रोश प्रकट करने लगी, तब मदर टेरेसा से नहीं रहा गया। वह धीर-गंभीर चाल से चलकर आंदोलनकारियों के बीच पहुंच गईं और बड़ी निर्भीकता के साथ शान्त स्वर में बोलीं, “आप लोग मुझे मारना चाहते हैं तो मारिये, इसमें कोई नुक़सान नहीं, लेकिन इस मकान में कष्ट में पड़े जो शरणार्थी हैं, दया कर उन्हें परेशान न करें। दुनिया का मोह छोड़ जाने से पहले उन्हें ज़रा शान्ति से रहने दीजिए।”

मदर की ऐसी करुणाजनक वाणी सुनकर एकत्रित भीड़ में सन्नाटा छा गया। मदर की वाणी से उनका ऐसा हृदय परिवर्तन हुआ कि वे अपने कृत्य पर ग्लानि अनुभव करते हुए एक-एक कर वहां से लौट गए। मदर का हृदय प्रतिशोध की भावना से रहित इतना निर्मल था कि काली मां के मन्दिर के एक पुजारी गंगाराम जिसने मदर के कार्य का प्रबल विरोध

किया था, जब वह रोग से ग्रस्त हुआ तो टेरेसा ने ही बड़े स्नेह से सेवा सुश्रूषा करके उसको मौत के मुंह से बचाया।

"मैं तीस वर्षों से मां काली की पूजा करता आ रहा हूं। आज तुम में ही मां का रूप साक्षात् कर धन्य हो गया। मेरा जीवन सार्थक हो गया।" ईसाई अस्पताल में इलाज करवाने के कारण धर्म के ठेकेदारों ने गंगाराम पुजारी को धर्म से बहिष्कृत कर दिया तो उसने पुनः हिन्दू धर्म में वापसी की गुहार लगाई। लेकिन धर्म के ठेकेदारों ने कहा, "इस बारे में अब हम कुछ नहीं कर सकते।"

"क्या कोई भी समाधान नहीं?"

"इस बारे में तो काशी के पंडित ही बता सकते हैं।"
वह काशी के पंडितों के पास गया।

गंगाराम ने काशी के सबसे बड़े पंडित धर्मचंद से अपने को शुद्ध करके हिन्दू बनाने की याचना की :

"देव, मैं पुनः हिन्दू बनना चाहता हूं।"

"मगर सुना है आप तो बहिष्कृत हो चुके हैं। टेरेसा के हाथ का भोजन खाया है।"

"जी, हां।"

"आप पुनः हिन्दू क्यों बनना चाहते हैं?"

"क्योंकि हिन्दू धर्म नहीं, यह तो मेरे संस्कार हैं। इन्हें कैसे छोड़ा जा सकता है!"

"तो ठीक है!" पुजारी ने कहा, "जाओ, एक गधा ले आओ।"

गंगाराम कहीं से एक गधा ले आया। पंडित, गंगाराम व गधे को लेकर गंगा तट पर पहुंचा। वहां जाकर उसने गंगाराम को आज्ञा दी :

"गधे को लेकर गंगा में स्नान कराओ और स्वयं भी करो।"

"जो आज्ञा, देव।"

गंगाराम गधे को गंगाजी में स्नान कराने लगा तथा स्वयं भी स्नान करने लगा। जब बहुत देर हो गई तो उसने पूछा :

"देव, क्या मेरे शुद्धिकरण की प्रक्रिया समाप्त हो गई?"

"नहीं।"

"कितना वक़्त लगेगा?"

"जब तक गधा स्नान करते-करते बैल नहीं बन जाता, तब तक तुम्हारा शुद्धिकरण नहीं हो सकता।"

"देव, क्या गधा गंगाजी में नहाने से बैल बन जाएगा?"

"क्यों नहीं बन सकता?"

"यह तो असम्भव है।"

"मूर्ख, जब गंगा में नहाने से गधा बैल नहीं बन सकता, तो धर्म से बहिष्कृत, फिर गंगा में नहाने में कोई पुनः हिन्दू कैसे बन सकता है?"

"तो क्या मेरा पुनः शुद्धि संस्कार संभव नहीं?"

"नहीं, कदाचित् नहीं।"

और इस प्रकार काशी के पंडितों से निराश होकर गंगाराम वापस कलकत्ता लौट आया।

गंगाराम ने फिर धर्मशास्त्रों का गहराई से अध्ययन किया और पुनः पंडित को शास्त्रार्थ के लिए ललकारा, "पंडित, मुझे पुनः हिन्दू बनाते हो कि नहीं?"

"धर्म से बहिष्कृत व्यक्तियों को शुद्ध करने का समाधान नहीं है।"

"लेकिन मैंने तो पढ़ा है कि व्यक्ति को शुद्ध किया जा सकता है।"

"अच्छा, हम भी तो सुनें कहां लिखा है।"

"सरस्वतत्याज्ञया कण्वो मिश्रदेशमुपाययौ।
म्लेच्छान् संस्कृत्य चाभाष्य तद दशसहस्त्रकान्॥

भारत में शुद्धिकरण की परंपरा तो प्राचीन काल से रही है। देवी सरस्वती की आज्ञा से कण्व ऋषि मिस्त्र देश में गए और उन्होंने वहां हज़ारों गौमांसभक्षियों को शुद्ध करके आर्य बनाया, जिसके बाद उन लोगों

ने गौहत्या बंद की और उसे माता का दर्जा दिया। और ऐसे ही कई अन्य ऐतिहासिक प्रमाण भी उपलब्ध हैं।"

"यह तो पुराण वचन हैं, हम तो वेदों और मनुस्मृति को धर्म ग्रंथ मानते हैं, हमें उसके प्रमाण चाहिएं।"

"ज्ञातित्यक्तो हि कुरुते पापं ज्ञाति विवर्जिता।"
तत्पापं जाति वन्धूना जायते मनुअब्रीत॥

"आर्य धर्म से कभी किसी को बहिष्कृत नहीं करना चाहिए, क्योंकि जाति से बहिष्कृत व्यक्ति जो पाप करता है, उससे देश तथा समाज की जो हानि होती है, उस सबका भागी वह समाज है, जो उस पापकर्ता को जाति से बाहर करता है।"

घोरी मोहमदी गौरी पृथ्वीराजं गृहीतवानूं।
युद्धे विजितवान् पृथ्वीं कारागारे स क्षिप्तवान्॥
ते हि बहिःष्कृतैरायै पराधीनास्तु नाभवन्॥

"गौरी पहले हिन्दू था और उसे बहिष्कृत कर दिया गया। वही बाद में मुहम्मद गौरी बनकर आया और आर्यावर्त में म्लेच्छ साम्राज्य की आधारशिला रख दी, क्या इस उदाहरण से शिक्षा नहीं ले सकते?"

"यदि शास्त्रों का इतना ही अध्ययन किया है तो हमें प्रमाण चाहिए, उदाहरण नहीं।"

"प्रमाण!" गंगाराम बोला, "वेद में कहा गया है कि हे विद्वानों! नीचे गिरे हुए मनुष्यों को आप पुनः उन्नत करते हो। हे देवो! अपराध पापादि करने वालों को आप उत्तम जीवन प्रदान करते हैं।

उत देवा अवहितं देवा उन्नयथा पुनः।
उतागश्च क्रुषं देवा देवा जीवयथा पुनः॥

जल से शरीर, सत्य बोलने से मन, विद्या और तप से आत्मा शुद्ध हो जाती है। वह क्या है, जो शुद्ध नहीं होता? स्मृति का तो वचन है :

देश भंगे प्रबासे च व्याधिशु व्यसनेश्बपि।
रक्षेदवे स्वेदेहदि पश्चाद्धर्म, समाचरेत॥

अर्थात् देश में उपद्रव होने पर, विदेश में, रोग में और घोर आपत्ति के समय जिस प्रकार भी हो सके, सर्वप्रथम अपने शरीर, स्त्री-बच्चों, धन-दौलत की रक्षा करें। आपत्ति काल में शौचाशौच का विशेष विचार न करके सबकी शुद्धि करनी चाहिए, पीछे समयानुकूल होने पर धर्म का सभी अच्छी प्रकार से आचरण करते हैं।" फिर वे ओगे बोले, "और कोई प्रमाण चाहिए?"

"नहीं!" फिर वह बोला, "निसंदेह तुम भी पवित्र हो और मदर टेरेसा के कार्य भी महान हैं।"

महानगर कलकत्ता में कालीघाट पर मुमूर्ष लोगों के लिए आश्रमस्थल 'निर्मल-हृदय', आचार्य जगदीशचन्द बसु रोड पर परित्यक्त शिशुओं का आवास स्थान निर्मल शिशु भवन आदि मिशनरीज ऑफ चैरिटीज के अनेक संस्थान मां टेरेसा को निष्ठावान, प्रेमपूर्ण सेवाव्रत मय उदात्त जीवन की कहानी कहते प्रतीत होते हैं। मां की ममता का सहारा पाकर सैकड़ों रोगी, कोढ़ी, प्रवंचित, प्रताड़ित, बेकार और मायूस लोग अपने को धन्य समझते हैं। कलकत्ता में कितने ही परित्यक्त शिशुओं को कूड़े के ढेर से उठाकर उनका पालन-पोषण किया जाता है और उन्हें मानवीय गरिमा से मंडित किया जाता है। उनमें से कितने ही ऐसे बच्चे हैं, जो संभ्रान्त परिवारों द्वारा गोद लिए गए हैं।

मां टेरेसा के स्नेहिल हृदय-कपाट वर्ग, नस्ल, जाति, राष्ट्र, धर्म आदि की सभी दीवारों को भेदकर पीड़ित मानव-सड़क के किनारे पड़े मुमूर्ष, दर-दर की ठोकरें खाते अनाथ, कुकर्मों से परेशान दिशाहारा स्त्रियां सबके लिए खुले हुए हैं।

कवीन्द्र रवीन्द्रनाथ का एक पात्र, आयरिश पिता का परित्यक्त बेटा गोरा आनन्दमयी मां के लिए जो उद्गार प्रकट करता है, वह मदर टेरेसा पर भी पूर्णतया लागू होते हैं। यथा, मां, तुम ही मेरी मां हो। जिस मां

को खोजता फिर रहा था, वे ही मेरे घर में आकर बैठी थीं। तुम्हारी जात नहीं, विचार नहीं, घृणा नहीं, हिन्दू-मुसलमान-ईसाई ब्राह्मण, सबकी ही तुम कल्याणमूर्ति हो। तुम ही मेरा भारतवर्ष हो। सचमुच ही अनेक शिशु सत्यकाम जिन्हें जन्मते ही कूड़े के ढेर में फेंक दिया था, आधुनिक अप्सराओं की कोख से जन्मीं अनेक शिशु-शकुन्तलायें जिन्हें अवैध सन्तानें कहकर फुटपाथों, चौराहों, पुलों के नीचे डाल दिया गया था।"

मदर की ममता को देख कोढ़ी रोगी प्रताड़ित आज भी कुछ इस तरह व्यक्त करने को भावुक हो उठते हैं :

मेरा शीश झुका देना
अपनी चरण-धूलि तल में,
मम अहम डूबे चक्षु-जल
पवित्र बना दो एक पल में।

पुरुषों, वृद्धों, स्त्रियों और बच्चों को कोलकाता की सड़कों से उठाकर लाया जाता, उन्हें यहां अपने घर जैसा स्वस्थ और सुंदर माहौल दिया जाता था। उनमें से जो स्वस्थ हो जाते, मदर या तो उनके लिए किसी रोजगार की तलाश करतीं या उनकी मर्जी से उनके घर पर भेज देती थीं, ताकि वे खुशी-खुशी से अपनों के बीच रह सकें। मदर कहती थी कि ऐसे लोग अपने अन्तिम समय में मानवीय तथा ईश्वर के सच्चे प्रेम को पा लेते थे। निराश और पीड़ितों के लिए तैयार किया हुआ उनका यह घर शीघ्र ही प्रसिद्ध हो गया। यह ऐसे लोगों का घर था, जिन्हें उस स्थान पर तब लया जाता था, जब कि उनके लिए इतने बड़े संसार में कहीं कोई जगह नहीं बचती थी। वहां उन्हें साफ-सुथरा किया जाता, स्वच्छ कपड़े पहनाएं जाते और उन्हें अच्छे इलाज की सुविधाएं दी जाती थीं। उन सबका हर घड़ी घर के किसी महत्वपूर्ण सदस्य की तरह ध्यान रखा जाता था।

इस संन्यासिन ने पहले तो बंगाल में कार्य किया और इसके बाद में सारे भारत में इनका प्रभाव बढ़ने लगा। अन्त में वह पूरे विश्व में फैल

गईं। उन्होंने पूरे भारत में और फिर सारे विश्व के 123 देशों में 'मिशनरी ऑफ चैरिटी' के लोगों के लिए घरों की स्थापना की। जिन लोगों की मदद करने के लिए कोई भी सामने नहीं आता था, खुद मदर टेरेसा अपनी संतान की तरह प्यार की बरसात उन पर करती थीं।

समय बीतने के साथ मदर की सहायता के लिए सिस्टरों की संख्या भी काफी बढ़ गई। इन सिस्टरों के पास एंबुलेंस, डॉक्टरों और नर्सों की टीम के अलावा सभी आवश्यक सामग्री मौजूद रहती थी। इस महान कार्य में बहुत से मित्र और स्वयंसेवक उनका सहयोग करने को तैयार रहते थे। मदर टेरेसा के महान कार्यों से प्रेरणा लेकर सभी धर्म के लोग उनकी सहायता करके धर्म लाभ पाने लगे थे। अब मदर विरोध की नहीं ममता और प्यार की मूर्ति थी। हर कोई उनके अंदर अपनी ही मां की छवि देखने लगा था। मदर टेरेसा सारी दुनिया में एक जीवित मसीहा बन गई थीं बिना किसी भेदभाव के जनकल्याण करना कोई उनके जीवन से आज भी सीख सकता है। मदर टेरेसा का यश और कीर्ति सारी दुनिया में फैल चुका था, हालांकि वे स्वयं ईसा की भक्त थी, लेकिन वे तो हर दीन-दुखी में ही ईसा के दर्शन करती थीं।

शिशु भवन की स्थापना

मदर के अन्य प्रमुख कार्यों में शिशुओं के लिए 'शिशु भवन' की स्थापना करना भी रहा। बहुत से माता-पिता अपने बच्चों को लावारिस छोड़ देते थे। कुछ बच्चों को मदर ने सड़क पर से उठाया, जिनके अभिभावकों ने उन्हें छोड़ दिया था। कुछ बच्चों को विभिन्न जेलों में बन्द कैदियों के पास से भी लाया जाता और कुछ पुलिस वाले भी मदर के पास छोड़ जाते थे। सभी स्तर के बच्चों को मदर की एक समान ममता मिलती और एक ही प्रकार की देखभाल वे पाते थे।

मदर को इससे कोई फर्क नहीं पड़ता था कि कौन-सा बच्चा कहां से लाया गया है। या उनके जन्म का कारण क्या है? वह कभी भी किसी बच्चे को अपने पास रखने से इनकार नहीं करती थीं। यह उनका महान

प्रेम ही था कि लाखों बच्चों को उनकी ममतामयी छांव मिली। उनमें कुछ बच्चों ने तो अच्छी पढ़ाई भी की और शादियां भी हो गईं। आज उनमें से कई बच्चे बड़े होकर समाज में महत्वपूर्ण भूमिका अदा करते हुए स्वाभिमान से जीवन जी रहे हैं। आज भारत में चालीस से अधिक 'शिशु केन्द्र' हैं। न केवल भारत में, बल्कि सम्पूर्ण विश्व में सिस्टरों के पास छोटे और अनाथ बच्चों के लिए ऐसे घर उपलब्ध हैं।

उन्होंने रोम में भी नशेड़ियों, शराबियों और बेघरों के लिए आश्रम खोले। पोप ने मदर से अनचाहा गर्भधारण करने वाली महिलाओं के लिए आश्रम खोलने के लिए कहा। उन्होंने इसे स्वीकार भी कर लिया। भारत में भी ग़ैर-ईसाई प्रशिक्षुओं को अपने समुदाय में शामिल किया, पर इसके लिए शर्त भी रखी कि वे पूरी तरह से 'मिशनरी ऑफ चैरिटी' को अपना जीवन समर्पित कर दें। कम्युनिस्ट देशों में बदलाव के साथ ही उन्होंने रूस, पोलैण्ड और क्रोशिया जैसे देशों में भी इस प्रकार की मिशनरियों की स्थापना की।

कुष्ठ एवं एड्स के प्रवास का प्रबन्ध

जो धन चन्दे से एकत्र किया गया था, उसी से 'शान्ति नगर' की स्थापना की गई, अर्थात् शान्ति एक ऐसा शहर, जहां कुष्ठ रोग से पीड़ित व्यक्तियों की हर सम्भव मदद की जाती थी। उन्हें रोजगार के लिए प्रशिक्षित किया जाता और उनके लिए रोजगार खोजा भी जाता।

एड्स के चलते हजारों लोगों को अपनी जान से हाथ धोना पड़ा था। बहुत कम लोग इस बारे में जानते थे। बीमारी का प्रमुख कारण असुरक्षित यौन सम्बन्धों का होना प्रमुख था, जिसके कारण इसके मरीजों को बुरी नज़र से देखा जाता था। अस्पतालों में भी उन्हें एक किनारे पर छोड़ दिया जाता और इस कारण उन्हें अच्छी देखभाल भी नहीं मिल पाती थी। मदर टेरेसा एक बार फिर सक्रिय हो गईं और उन्होंने इस बीमारी से पीड़ित लोगों की प्रेम के साथ सेवा की। उन्होंने एड्स के रोगियों के लिए आश्रम की भी स्थापना की।

कैदियों का पुनर्वास

मदर टेरेसा ने भारत में कैदियों को दोबारा सामाजिक जीवन शुरू करने में काफी मदद की। उनके अनुसार यह ईश्वर का एक खूबसूरत पुरस्कार था, जबकि किसी स्त्री या पुरुष की कैद में सेवा की जाए। मदर टेरेसा ने इस कार्य की शुरुआत तब की थी, जबकि पश्चिम बंगाल की सरकार ने उनसे वेश्या कैदियों के पुनर्वास में मदद करने को कहा था।

मदर की नेहरू से भेंट

एक बार पं. नेहरू कलकत्ता आएं। यहां पर मदर क्रिसमस का त्यौहार बड़ी धूमधाम से मना रही थीं। एक सरकारी कॉलेज में समारोह का आयोजन किया गया था। बंगाल के मुख्यमंत्री को इस समारोह में अतिथि के रूप में आमंत्रित किया गया था। जब पं. नेहरू को इस समारोह की सूचना मिली तो उन्होंने वायरलेस पर मदर से सम्बन्ध स्थापित किया और समारोह में उपस्थित होने की इच्छा प्रकट की।

"यह मेरे लिए गर्व की बात होगी।" मदर ने नेहरू जी को उत्तर दिया, "बच्चे आपको अपने बीच पाकर बहुत प्रसन्न होंगे। आपका बहुत-बहुत स्वागत है।"

नेहरू जी जब समारोह में पहुंचे तो वहां की सुन्दरता में चार-चांद लग गए। बच्चे उन्हें अपने बीच पाकर उछल पड़े। बच्चों के प्रिय चाचा नेहरू ने उनसे खुल कर बात की। क्रिसमस का उत्सव बड़े उत्साह से मनाया गया। नेहरू जी ने मदर के सेवा-कार्यों की हार्दिक प्रशंसा की।

मदर के होम का 1960 में दिल्ली में उद्घाटन होने वाला था। नेहरू जी के हाथों से उद्घाटन होना था, किन्तु नेहरू जी की अस्वस्थता के कारण यह उद्घाटन किसी दूसरे के हाथों से करने का निश्चय किया गया। फिर भी नेहरू जी वहां पहुंच गए। उन्होंने 'मदर होम' का उद्घाटन किया। इसके पश्चात् मदर पं. नेहरू से बोलीं, "यदि आप आज्ञा दें तो मैं अपनी संस्था 'मिशन ऑफ चैरिटी' के विषय में आपको विस्तार से

बताऊं? मुझे बहुत इच्छा है कि मैं इस महान कार्य के बारे में आपको भी अवगत करा दूं।''

"मदर, मुझे पता है कि आपकी संस्था किसी परिचय की मोहताज नहीं है। विश्व के सभी लोग इसके विषय में जानते हैं। पूरा विश्व आपका तथा आपकी संस्था ऋणी है।" नेहरू जी ने उत्तर दिया।

पं. जवाहर लाल नेहरू की बात एकदम सत्य थी। अपने सेवा कार्यों से मदर तथा उनकी संस्था 'मिशनरीज ऑफ चैरिटी' पूरे विश्व में लोकप्रिय हो चुकी थी। मदर को 'पद्मश्री' सम्मान से विभूषित करने के लिए नेहरू जी ने भारत के प्रथम राष्ट्रपति डॉ. राजेन्द्र प्रसाद से अनुमोदन किया। उनकी इस राय से राष्ट्रपति महोदय सहमत हो गए। कुछ दिनों बाद मदर को 'पद्मश्री' के लिए सूचित किया, किन्तु मदर दो साल तक 'पद्मश्री' लेने से इनकार करती रहीं। सन् 1962 में भी उनका इरादा नहीं था कि वे इस सम्मान को प्राप्त करें। किन्तु बिशप के आदेश पर वे इस सम्मान को प्राप्त करने को राजी हो गईं।

मदर के सेवा कार्यों के सामने यह सम्मान कुछ भी मायने नहीं रखता था। 'पद्मश्री' लेने मदर राष्ट्रपति भवन पहुंचीं। राष्ट्रपति भवन की सुन्दरता देखते ही बनती थी। दर्शकगण गंभीर मुद्रा में बैठे हुए थे। जिस समय मदर को मंच पर बुलाया गया तो राष्ट्रपति डॉ. राजेन्द्र प्रसाद की आंखों से आंसू निकल पड़े। सफेद साड़ी धारण किए मदर टेरेसा उन्हें साक्षात् ममता तथा दया की मूरत लग रही थीं। राष्ट्रपति महोदय का भाव-विभोर होना वास्तव में एक सामान्य घटना ही थी। उन्होंने प्रसन्नता के साथ मदर को 'पद्मश्री' से सम्मानित किया। पूरा हॉल तालियों की गड़गड़ाहट से गूंज उठा। किसी ग़रीब की सेवा करके मिलने वाले सुख से कम नहीं था मदर के लिए यह पुरस्कार।

दिल्ली से कलकत्ता वापस आने के पश्चात् मदर ने छात्राओं का एक दल बनाया। दल बनाने का उद्देश्य बस्तियों में जाकर बच्चों को पढ़ाना था। दल का नेतृत्व मदर ने सुभाषिणी दास को सौंपा। सुभाषिणी पहले

सेंट मेरी स्कूल की छात्रा थी। मदर उस समय उस स्कूल की प्रधानाचार्या थीं। उन्हें सुभाषिणी से अत्यधिक प्रेम था। सुभाषिणी की योग्यता को देखते हुए उन्होंने उसे दल का नेतृत्व करने का दायित्व सौंपा। छात्राओं का दल बस्तियों में जाकर बच्चों को पढ़ाया करता था। सभी छात्राओं को इस कार्य को करने में बड़ी आत्मसन्तुष्टि मिलती थी। एक दिन सुभाषिणी मदर के पास जाकर उन्हें अपने मन की बात बताते हुए बोली, "मदर! हम अपना एक मार्गदर्शक चाहते हैं। क्या आप हमारी मार्गदर्शक बनेंगी।"

मदर ने सुभाषिणी को देखते हुए कहा, "क्यों नहीं! किन्तु मुझे थोड़ा समय दो, मैं अपने आप बता दूंगी।"

कुछ दिनों बाद मदर ने सुभाषिणी को सूचित किया, "मैं तुम्हारे मार्गदर्शन के लिए तैयार हूं।" यह ख़बर सुनकर सुभाषिणी खुशी से झूम उठी। वह तुरन्त ही मदर से मिलने गई।

मदर ने उससे पूछा, "क्या तुम दीन-दुखियों की सेवा करोगी?"

सुभाषिणी बोली, "अवश्य करूंगी। बस आप आज्ञा दें।"

"सेवा कार्य में आने के पश्चात् तुम्हें व्यक्तिगत सुख का त्याग करना होगा, तुम्हें केवल ग़रीबों के आशीर्वाद के अतिरिक्त कुछ नहीं मिलेगा। अब सोच लो। निर्णय तुम्हें लेना है।"

"मुझे सेवा कार्य करना है। मैं निर्णय ले चुकी हूं।" सुभाषिणी ने दृढ़ता से कहा।

"ठीक है। किन्तु अब अपने निर्णय से पीछे मत हटना।" सुभाषिणी प्रसन्न थी। मदर ने उसकी बात मानकर उसे स्वीकार कर लिया था। वह प्रसन्नता के साथ अपने घर पहुंची।

वहां पहुंच कर उसे पता चला कि उसका विवाह निश्चित कर दिया गया है। उसके पिता ने यह बात बताई।

सुभाषिणी ने गंभीरता से कहा, "मैं विवाह नहीं करना चाहती, पिता जी।"

"यह तुम क्या कह रही हो बेटी?"

"मैंने अपने जीवन को ग़रीबों की सेवा के लिए समर्पित कर दिया है। मैं मदर टेरेसा के साथ कार्य करूंगी। इसके लिए मुझे सांसारिक सुखों से वंचित रहना होगा।"

जब उसके घर वालों ने यह सुना तो वे स्तब्ध रह गये।

उसके पिता को लगा कि समाज में उनकी हंसी उठेगी, जो उन्हें कतई मंजूर नहीं था। उन्होंने अपनी बेटी को बहुत समझाया, किन्तु वह अपने निर्णय पर अटल थी।

हारकर वे मदर के पास गये और उनसे अनुरोध किया, "मेरी बेटी सुभाषिणी को आप समझायें कि वह विवाह के लिए राजी हो जाए। हम तो उसे समझाते-समझाते थक चुके हैं, वह हमारी एक नहीं सुन रही है।"

"सुभाषिणी अब बच्ची नहीं है। वह बालिग हो चुकी है। वह जो भी निर्णय लेगी, मैं उसका स्वागत करूंगी। वह निर्णय लेने के लिए स्वतंत्र है। इसलिए मेरे समझाने का कोई सवाल ही नहीं पैदा होता। आप भावुकता में न बहें तथा अपनी बेटी के विवेकपूर्ण निर्णय का स्वागत करें।" मदर ने उन्हें समझाते हुए उत्तर दिया।

सुभाषिणी के माता-पिता ने उपनी बेटी के निर्णय से दुखी हो, उस पर मुकदमा दायर कर दिया। अदालत में दोनों पक्षों की पेशी हुई।

मदर के साथ सुभाषिणी भी वहां मौजूद थी। वह मदर के कंधे पर अपना सिर रखकर रो रही थी। मदर प्रेमपूर्वक उसके बालों को सहलाकर उसे सान्त्वना दे रही थीं।

न्यायाधीश महोदय इस दृश्य को बड़े ध्यान से देख रहे थे। उनकी दृष्टि बड़ी पारखी थी। अंत में उन्होंने फैसला सुनाते हुए कहा, "युवती

सुभाषिणी की मानसिक दशा देखकर अदालत इस फैसले पर पहुंची है कि वह कोई अभियुक्त नहीं है। उसका निर्णय अदालत को मान्य है, वह बालिग है। उसे अपने जीवन का निर्णय लेने का पूर्ण अधिकार है।"

सुभाषिणी के माता-पिता जज का निर्णय सुनकर चुप हो गए तथा उन्होंने अपनी बेटी का फैसला मान लिया।

मदर के साथ सुभाषिणी उनके आवास पर चली गई। अब वह प्रसन्न थी। मदर के सम्मान में उसने अपना नाम बदलकर 'एग्नेस' रख लिया तथा लोग उसे 'सिस्टर एग्नेस' बुलाने लगे। मदर के साथ सिस्टर एग्नेस ने भी संन्यासी जैसा जीवन व्यतीत किया। वह मदर की प्रथम शिष्या थी। उन्होंने जी-जान से ग़रीबों तथा दुखियों की सेवा की। मदर के न रहने पर उन्होंने संस्था के कार्यों को बखूबी निभाया।

बेसहारों के लिए सहारे की खोज

एक दिन फुटपाथ पर एक स्त्री की मृत्यु ने मदर को हिलाकर रख दिया और उसी दिन उन्होंने मृत्यु से जूझते रोगियों की सेवा करने का प्रण किया। इसके लिए वो उचित स्थान की तलाश करने लगीं।

वे नगरपालिका के कार्यालय पहुंचीं। वहां का अधिकारी बड़ा ही दयालु था। लोग उसे डॉ. अहमद कहकर बुलाते थे। मदर ने अहमद से सहयोग की इच्छा व्यक्ति की।

"किस प्रकार का सहयोग?" डॉ. अहमद ने पूछा।

"डॉ. साहब, फुटपाथ पर रोगियों की संख्या बढ़ती जा रही है। जगह की समस्या के कारण मैं उनकी सेवा नहीं कर पा रही हूं। अब तो आप ही बतायें कि मैं उन रोगियों की सेवा किस प्रकार करूं?" मदर अहमद से बोलीं।

"मैं जिस काबिल भी हूं, आपकी सहायता अवश्य करूंगा। बताइए, क्या कर सकता हूं?"

"मुझे जगह दिलवा दीजिए, "जिससे मैं उस जगह पर रोगियों की सेवा कर सकूं।"

"जगह के बाद आपको साधनों की आवश्यकता पड़ेगी। इलाज कैसे करेंगी आप?"

"मेरे पास इलाज के साधन उपलब्ध हैं, केवल जगह की ज़रूरत है।"

"हिन्दुओं की एक उजाड़ धर्मशाला है।"

किन्तु अराजक तत्वों ने उस धर्मशाला को बदनाम कर रखा है। अगर आप चाहें तो उसमें रोगियों का उपचार कर सकती हैं। वह जगह काली घाट मन्दिर के पास है।"

"बस, आप आदेश कर दें। मैं कल से ही वहां रोगियों का उपचार आरम्भ कर दूंगी।"

डॉ. अहमद ने धर्मशाला के दो बड़े हॉल मदर को दे दिए।

उन्होंने वहां पर सेवा कार्य आरम्भ कर दिया। उस जगह का नाम उन्होंने 'निर्मल हृदय' रखा। फुटपाथ पर रहने वाले रोगी वहां लाये जाने लगे। कुछ दिनों बाद वहां के स्थानीय लोगों ने मदर का विरोध आरम्भ कर दिया कि मदर सेवा के बहाने ईसाई धर्म का प्रचार कर रही हैं।

जब यह सूचना डॉ. अहमद के कानों तक पहुंची तो वे जाकर कमिश्नर से मिले। कमिश्नर को लेकर वे 'निर्मल हृदय' जा पहुंचे। धर्मशाला का पंडित भी उनके साथ था। तीनों लोग हॉल के अन्दर पहुंचे। हॉल में रोगी दर्द से कराह रहे थे। मदर एक रोगी के जख्मों को साफ कर रही थीं। उनके विरोधी नारे लगा रहे थे। हॉल के अन्दर बड़ी तेज़ बदबू आ रही थी। पंडित इस बदबू को सहन नहीं कर सका और अपनी नाक को रूमाल से ढक लिया।

कमिश्नर ने पंडित से कहा, "अगर तुम्हें यह जगह चाहिए, तो नाक से रूमाल हटाकर यहां आना पड़ेगा।"

उनकी बात सुनकर पंडित शर्मिंदा हो गया। कमिश्नर महोदय वहां से चले गए। जाने से पहले उन्होंने मदर के विरोधियों को बता दिया कि मदर यहीं रहेंगी। कोई भी उनका विरोध करने का प्रयत्न न करे।

उनकी बात सुनकर मदर के विरोधी चुप हो गए तथा अपना सा मुंह लेकर अपने-अपने घरों को लौट गए।

मदर्स होम का चमत्कार

मदर के सेवा-कार्य इतने चमत्कारी होते थे, जो बड़े-बड़े लोगों को मंत्र-मुग्ध कर देते थे।

कलकत्ता से बाहर 'स्टेट्समैन' नामक अख़बार ने मदर के सेवा कार्यों को उजागर किया था। इसके पश्चात् कई समाचार-पत्रों के लोग मदर के सम्पर्क में आये और उनके सेवा कार्यों की ख़बरें छापने लगे।

मदर के इन्टरव्यू देश की प्रमुख पत्रिकाओं में भी छपने लगे। ये सभी ख़बरें बाद में लंदन के प्रमुख चैनल बी.बी.सी. तक पहुंचाई जाने लगीं। मदर के सेवा कार्यों को पूरे विश्व में पहुंचाने का कार्य बी.बी.सी. ने ही किया।

जब तक भारत के अनेक शहरों में 'मदर्स होम्स' स्थापित हो गए थे। एक दिन 'मैलकम मैगरिज' कलकत्ता आए। मैलकम बी.बी.सी. के ज़िम्मेदार अफसर थे। वे मदर की संस्था के फोटोग्राफ खींचना चाहते थे, इसे वे पूरे विश्व में दिखाने की योजना बना रहे थे। रोगियों के कमरों में पर्याप्त रोशनी नहीं थी, कृत्रिम रोशनी भी उपलब्ध नहीं हो सकती थी। इसी कारण उन कमरों के दृश्यों की फोटो नहीं ली जा सकी। कैमरे की शेष बची हुई रील को किसी प्रकार पूरा किया गया। मैलकम जब लंदन पहुंचे तो उन्होंने वहां पर रील धुलवाई। सारी फोटो बहुत अच्छी आई थीं। जिन कमरों में अन्धेरा था वहां की फोटो भी अच्छी आ गई थी। इस बात को लेकर रहस्य बन गया था कि बिना शूटिंग की तस्वीरें कैसे आ गईं?

इस विषय को लेकर जब मदर से सवाल किया गया तो वे बोलीं,

"वहां तो परमात्मा का प्रकाश है। जिससे चारों ओर रोशनी बिखरी हुई है। ईश्वर की सहायता से तस्वीरें इतनी सुन्दर आई हैं। जो ईश्वर की राह में कार्य करते हैं, यह सहायता उन्हीं लोगों को मिलती है।"

मैलकम को ईश्वर पर विश्वास नहीं था, किन्तु मदर की बातें सुनने के पश्चात् उन्हें उसी दिन से ईश्वर पर विश्वास हो गया। वे ईश्वर के परम भक्त बन गए। उन्होंने एक किताब भी लिखी। इस किताब में अंधेरे वाले कमरे की फोटुओं का भी जिक्र किया गया है।

संयुक्त राष्ट्रसंघ द्वारा मदर की सराहना

उन फोटुओं को संयुक्त राष्ट्र महासभा के अधिवेशन में दिखाया गया। इस अधिवेशन में उन फोटुओं की भूरि-भूरि प्रशंसा की गई। मदर को उन्होंने विश्व की सबसे शक्तिशाली स्त्री बताया। अधिवेशन में उपस्थित सभी लोगों ने ईश्वर से मदर की सफलता के लिए प्रार्थना की। इस स्थान पर इससे पहले कभी ईश्वर की प्रार्थना नहीं हुई थी।

सुख-साधन की नीलामी

एक बार एक व्यक्ति ने उपहारस्वरूप मदर को एक कार भेंट की थी। पहले तो मदर इस कार को लेने से हिचकिचाती रहीं, किन्तु बाद में उन्होंने कार स्वीकार कर ली, क्योंकि वो उस व्यक्ति के प्रति अगाध श्रद्धा रखती थीं। बाद में उन्होंने उस कार को नीलाम करने की योजना बनाई। यह बात मदर के सिद्धान्त के खिलाफ थी कि वे अपने निजी जीवन में उस कार का उपयोग करतीं। उस कार की क़ीमत एक लाख रुपये थी, किन्तु मदर को उसके बदले पांच लाख रुपए प्राप्त हुए। इतनी बड़ी रकम को उन्होंने कुष्ठ रोगियों के पुनर्वास में लगा दिया। रोगियों को आवास मिल गया। उन्हें वहां देखकर मदर को प्रसन्नता होती थी।

भिक्षाटन से मुक्ति दिलाई

जयपुर में भी मदर का एक होम था। जयपुर में भी रोगियों का सेवा कार्य बड़े पैमाने पर चल रहा था। वहां की स्थिति का जायजा लेने एक दिन

मदर जयपुर पहुंचीं। होम के ऊपरी हिस्से पर निर्माण कार्य चल रहा था। ऊपर पचास रोगियों के रहने की व्यवस्था और की जा रही थी। निर्माण कार्य पूरा होने के पश्चात् उसका उद्घाटन किया गया। पंडित तथा पादरी ने प्रार्थना की। मदर ने निर्धन लोगों को भोजन तथा कपड़े वितरित किए। शाम को मदर चर्च में प्रार्थना के लिए जाने लगीं। अचानक उनकी नज़र एक अपाहिज लड़की पर पड़ी। वह लड़की अपने पैर घसीटते हुए खिसक रही थी। मदर उसके पास पहुंचीं और नीचे बैठ गईं। उन्होंने उस लड़की से उसका नाम पूछा, ''क्या नाम है तुम्हारा?''

"शमुड़ी" लड़की ने बताया।

"तुम्हारे मां-बाप क्या करते हैं?"

"मेरे मां-बाप नहीं हैं।"

"और भाई-बहन?"

"भाई-बहन भी नहीं हैं।"

"इस दुनिया में तुम्हारा कोई तो होगा?"

"मेरा कोई नहीं है। मैं अपाहिज हूं। इसी कारण कोई भी मेरे पास नहीं आता। न जाने आप क्यों मेरे पास आ गईं।"

"क्या तुम्हें भूख लगी है?" मदर ने पूछा।

"हां। सुबह मुझे ब्रेड मिला था, किन्तु उसे दादा भाई ने खा लिया। अब जो मिलेगा, उसे मैं खाऊंगी।" लड़की ने उत्तर दिया।

"ये दादा भाई कौन है?"

"आप उसे नहीं जानतीं?"

"नहीं।" मदर ने जवाब दिया।

"वह बड़ा ताकतवर है, मेरी तरह और भी बहुत से अपाहिज उसे भिक्षा में मिले खाद्य पदार्थ देते हैं। इसके बदले में वह हम लोगों को पुलिस से बचाता है। उसके बिना पुलिस वाले हमें परेशान करते हैं।"

"लो, ये ब्रेड खाओ।" मदर ने उसके हाथ में ब्रेड के चार-पांच पीस

रख दिए, ''मैं समझती हूं कि तुम्हें ये बहुत ही स्वादिष्ट एवं अच्छे लगेंगे।''

लड़की ने दो पीस खाकर दो पीस बचाकर रख लिए। मदर ने उससे कहा, "इन्हें रखो मत, खा लो।"

"बरसात का मौसम है। मैं इन्हें अभी नहीं खाऊंगी। अगर बारिश हो गई तो रात को कुछ भी खाने को नहीं मिलेगा। इसे मैं रात को खा लूंगी।"

"क्या तुम मेरे साथ चल सकती हो?"

"चल तो सकती हूं, किन्तु आपका बोझ बढ़ जाएगा।"

उस लड़की को लेकर मदर होम आईं। वे सिस्टर्स से बोलीं :

"आप इस लड़की को भरपेट खाना खिलाएं। इसे पहनने को कपड़े दें। आज से यह लड़की यहीं रहेगी। शिशुघर में जो बच्चे हैं, उनके साथ यह अपना समय व्यतीत किया करेगी।"

मदर की बात सुनकर वह लड़की घबराकर बोली :

"अगर दादा भाई यहां आ गए तो?"

"दादा भाई यहां नहीं आ सकते, तुम चिंता मत करो।" मदर ने उसे तसल्ली देते हुए कहा।

उसी दिन से वह लड़की मदर के होम में रहने लगी। कुछ ही दिनों बाद वह वहां घुल-मिल गई।

इस प्रकार मदर कई लोगों का जीवन सुधारने में सफल रही थीं।

मदर से इन्दिरा गांधी का प्रेमभाव

मदर की भारत की तत्कालीन प्रधानमंत्री श्रीमती इन्दिरा गांधी से गहरी मित्रता थी। इन्दिरा गांधी का मानना था कि जो एक बार मदर से मुलाकात कर ले, उसके हृदय में दया की भावना जाग्रत हो जाती है। चाहे वह व्यक्ति दिल का कितना भी कठोर क्यों न हो! मदर से मिलकर

हर एक को अनुभव होता है जैसे वह भगवान से मिला हो। इन्दिरा जी ने अपने सचिव से विशेष रूप से यह कह रखा था कि जब भी मदर का फ़ोन आए, फौरन उनसे बात कराई जाए। व्यस्त होने के पश्चात् भी इन्दिरा जी, मदर के कार्यों में पूरी रुचि लेती थीं। मदर के 'मिशनरीज ऑफ चैरिटी' पर इन्दिरा जी अधिक विचार-विमर्श किया करती थीं। मदर की अनुपस्थिति में उस संस्था की देखभाल इन्दिरा जी ही किया करती थीं। एक बार दिल्ली के 'शिशु भवन' में आटा, दाल, सब्जी कुछ भी नहीं था, केवल चावल ही थे। मदर ने सोचा कि बच्चों को चावल पकाकर खिला दिए जाएं। तभी अचानक सब्जियों से लदी एक गाड़ी शिशु भवन में आकर रुकी। उस गाड़ी को इन्दिरा जी ने प्रधानमंत्री आवास से भिजवाया था। सब्जियां शिशु भवन में उतारी गईं। मदर खुशी से गद्गद हो उठीं, उन्होंने चावलों के साथ सब्जियां भी पकाने का आदेश दिया।

समय-समय पर इन्दिरा जी फ़ोन पर मदर से होम की समस्याओं के बारे में बात करती रहती थीं तथा उन समस्याओं को दूर करने का प्रयत्न भी करती थीं। उनके बगीचे में जब सब्जियों का ढेर तैयार हो जाता था, तो वे इसे मदर के होम में ग़रीब तथा अनाथ बच्चों के लिए भिजवा दिया करती थीं।

दीपावली के लिए भी उत्साह

एक बार की बात है उस दिन पूरे भारतवर्ष में दीपावली का पर्व बड़ी धूमधाम से मनाया जा रहा था। इस अवसर पर मदर दिल्ली के होम में थीं। दीपावली के दिन सभी लोग बड़े प्रसन्न थे। होम के रोगियों से मदर गले मिल रही थीं। इतने में बैसाखी के सहारे चलता हुआ एक लड़का मदर के पास आया।

"मदर, मेरे पास पटाखे नहीं हैं। कृपया मुझे पटाखे दे दें। सभी बच्चों के समान मैं भी पटाखे जलाना चाहता हूं।" वह मदर से बोला।

"हम लोग साथ मिलकर पटाखे छोड़ेंगे बेटे! तुम अभी जल्दबाजी मत करो" मदर ने उसके सिर पर हाथ फेरते हुए उत्तर दिया। इतना

सुनकर वह लड़का भीतर गया और उसने होम के सभी लोगों को बताया कि मदर भी हम लोगों के साथ पटाखे छोड़ेंगी।

नोबेल पुरस्कार से सम्मानित

सन् 1979 में मदर टेरेसा को विश्व का प्रतिष्ठित नोबेल पुरस्कार शान्ति के लिए प्रदान किया गया।

इस पुरस्कार की दौड़ में भारत के प्रथम प्रधानमंत्री जवाहरलाल नेहरू दूसरे स्थान पर रहे थे तथा उनकी बेटी, भारत की पूर्व प्रधानमंत्री श्रीमती इन्दिरा गांधी इस सूची में चौथे स्थान पर थीं। मदर की संस्था 'मिशनरी ऑफ चैरिटी' की प्रमुख सिस्टर निर्मला ने कहा था कि हम लोगों को यह समाचार सुनकर बहुत गर्व और खुशी महसूस हुई।

नोबेल पुरस्कार पर मदर की प्रक्रिया थी : "मैं इस योग्य नहीं हूं।" उन्होंने इसके आयोजकों को लिखा :

"वे ग़रीब तथा रोगियों के लिए इस सम्मान को स्वीकार करेंगी।"

ओस्लो के समारोह में नोबेल कमेटी के तत्कालीन अध्यक्ष जॉन सैन्नेस ने मदर के विषय में कहा :

"व्यक्ति तथा उसकी अहमियत तथा मर्यादा का सम्मान ही उसके काम की विशेषता थी। वे और उनकी सिस्टर्स मनुष्य में बसे ईसा के प्रति अपनी श्रद्धा के आधार पर सबसे अकेले व्यक्ति और सबसे अधिक परेशान, मरणासन्न, पतित कुष्ठ रोगी को पूरी करुणा के साथ अपनाती हैं। उनकी नज़रों में पारम्परिक अर्थों में लेने वाला व्यक्ति दाता भी है और वह सबसे ज़्यादा देता भी है।"

भारत रत्न

1980 में मदर टेरेसा को भारत रत्न से भी सम्मानित किया गया। भारत रत्न देने बाद तो मदर को विदेशों में भी ढेर सारे सम्मान मिले और मदर को हर कोई अपने देश की नागरिकता देने के लिए उत्सुक हो उठा।

विदेशों में भी जनोत्थान

इन्दिरा जी सन् 1971 में भारत की प्रथम प्रधानमंत्री बनीं। इन्दिरा जी भारत तथा पाकिस्तान के बीच शान्ति चाहती थीं, किन्तु पाकिस्तान अपनी हरकतों से बाज़ नहीं आ रहा था। उसने पूर्वी पाकिस्तान से बंगालियों को हटाने के लिए अपनी तोपों का मुख भारत की ओर कर दिया था, क्योंकि बंगालियों के नेता मुजीबुर्ररहमान पाकिस्तान से अलग देश बनाने की मांग कर रहे थे। इसी कारण पाकिस्तान ने उन पर आक्रमण कर दिया था। भारतीय सीमा में भी पाकिस्तान की तोपों की आवाजें सुनाई दे रही थीं। पाकिस्तान, बंगलादेश की मांग कर रहे बंगालियों को मिटाना चाहता था, इसीलिए बंगाली अपनी जान बचाकर भारतीय सीमा में प्रवेश करने लगे थे। वे भारत में शरण लेना चाहते थे। इन्दिरा जी ने उनके प्रति हमदर्दी दिखाई, क्योंकि वे भी भारतीय ही थे, जो कि पच्चीस वर्ष पूर्व बंटवारे के समय पाकिस्तान भेज दिए गए थे। इन्दिरा गांधी ने इंसानियत के नाते उन्हें भारत में शरण लेने की इजाजत दे दी।

इस बात पर पाकिस्तान को यह लगा कि भारत ने बंगालियों को बंगलादेश बनाने के लिए उकसाया है। बंगाली शरणार्थियों की संख्या भारत में दिनोंदिन बढ़ती ही जा रही थी। इसी कारण इन्दिरा जी के लिए देश के अन्दर घरेलू योजनाओं को आगे बढ़ाना कठिन हो गया था। इसी कारण वे शरणार्थियों के वापस अपने देश जाने की प्रतीक्षा करने लगीं। किन्तु शरणार्थियों का वापस अपने देश लौट जाना सम्भव नहीं नज़र आ रहा था। उनकी संख्या करोड़ों में पहुंच गई थी, इसी कारण भारत की आर्थिक स्थिति पर भारी बोझ पड़ गया था। उधर पाकिस्तान जो चाहता था, वह हो गया था, उसने अपने देश से हिन्दुओं को बाहर खदेड़ दिया था।

इन्दिरा गांधी दुनिया के देशों से बार-बार अपील कर रही थीं कि वे पाकिस्तान पर अंकुश लगाएं। बंगलादेश में पाकिस्तान खून की होली खेल रहा था। किन्तु दूसरे देशों पर इन्दिरा जी की अपील का कोई प्रभाव

नहीं पड़ा उलटे पाकिस्तान ने आरोप लगाया कि बंगालियों ने जो बंगलादेश में लोकतंत्र बनाने की मांग की है, उसके पीछे भारत का हाथ है। ऐसे समय में इन्दिरा जी ने सोचा कि बिना बंगलादेश में लोकतंत्र बने इस समस्या का समाधान नहीं हो सकता। शरणार्थियों का कहना था कि वे बंगलादेश में लोकतंत्र बने बिना नहीं जाएंगे, चाहे इसमें उनकी जान ही क्यों न चली जाए!

भारतीय सरकार पर उनके खर्च का भारी बोझ आन पड़ा था, किन्तु इन्दिरा जी शरणाथियों के खाने-पीने तथा रहने की उचित व्यवस्था प्रदान कर रही थीं; इसके साथ ही वे आर्थिक विवशता के कारण घबरा भी रही थीं। उन्होंने संयुक्त राष्ट्र संघ से इन शरणार्थियों को अपनी तरफ़ से आर्थिक सहायता प्रदान करने की गुहार की। किन्तु इसका भी कोई हल नहीं निकला। अंत में इन्दिरा जी ने सारी दुनिया को झकझोरने का फैसला किया। इसके पश्चात् उन्होंने यूरोप तथा अमेरिका की यात्रा की।

इधर मदर की संस्था ने शरणार्थियों के लिए कई शिविर लगाए। इन शिविरों में मदर के सेवाकर्मी शरणार्थियों की सेवा कर रहे थे। कुछ दिनों बाद वहां गन्दगी फैलने के कारण हैजा हो गया। वहां की हवा दूषित हो गई। शिविरों में शरणार्थी चीखने-चिल्लाने लगे। ऐसी स्थिति में अमेरिकी राष्ट्रपति के भाई 'एडवर्ड कैनेडी' भारत की यात्रा पर आए। उन्होंने कलकत्ता के शरणार्थी शिविरों को देखने की इच्छा जताई। भारत सरकार ने अपने प्रतिनिधियों के साथ उन्हें कलकत्ता भेज दिया।

जब एडवर्ड कलकत्ता पहुंचे तो वहां भारी भीड़ जमा हो गई। एडवर्ड को भीड़ पसंद नहीं थी। वे भारतीय प्रतिनिधियों से बोले कि वे शिविरों को अकेले देखना चाहते हैं।

एडवर्ड ने पैदल चलते हुए शिविरों को देखा। वहां पर हैजे से पीड़ित शरणार्थी भी थे। उनकी चीख-पुकार सुनकर एडवर्ड का दिल भर आया। एडवर्ड ने सिस्टर एग्नेस को एक रोगी की गन्दगी साफ करते देखा। उसके हाथ गन्दे हो गए थे। उस दृश्य को देख एडवर्ड एग्नेस के पास

गए। उन्होंने नतमस्तक होकर अपना हाथ एग्नेस की ओर बढ़ाया, किन्तु एग्नेस ने अपना हाथ पीछे की ओर खींचते हुए कहा, "मेरे हाथ गन्दे हो गए हैं, सर, मैं आपसे हाथ नहीं मिला सकती।"

"नहीं सिस्टर! आपके हाथों से अधिक शुद्ध दुनिया की कोई भी वस्तु नहीं है। आपके इन शुद्ध हाथों से मेरे हाथ मिलें तो यह मेरा सौभाग्य होगा। मेरे हाथों को भी कुछ शुद्धता प्राप्त हो जाएगी।" एडवर्ड सिस्टर से बोले तथा उन्होंने भाव-विभोर होकर सिस्टर के दोनों हाथ थाम लिए।

"आपके कार्य सर्वोत्तम हैं। इनका कोई जवाब नहीं है। किसी भी अन्य कार्यों से इनकी तुलना नहीं की जा सकती। आपकी इस सेवा को मैं कभी भी भूल नहीं पाऊंगा।"

इतना कहकर एडवर्ड शिविर से बाहर आ गए। अमेरिका पहुंचकर उन्होंने मदर की संस्था का खूब बखान किया। इसी कारण मदर की संस्था वहां के लोगों के बीच खूब लोकप्रिय हो गई।

विदेशों में मिशनरीज ऑफ चैरिटी की स्थापना के लिए लोगों में विशेष उत्साह देखा गया। भारत के साथ-साथ विदेशों में भी 'मिशनरीज ऑफ चैरिटी' की सुगन्ध फैल गई थी। विदेशों से मदर के पास तरह-तरह के प्रस्ताव आ रहे थे, किन्तु मदर नम्रतापूर्वक उन प्रस्तावों को ठुकराती जा रही थीं। इसके अतिरिक्त मदर के पास समय का भी अभाव था।

मदर के ऊपर विदेशों में संस्था के निर्माण को लेकर दबाव बढ़ता ही जा रहा था। इसी कारण उन्होंने पाप जॉन पाल के आग्रह पर वेनेजुएला में अपना पहला विदेशी होम स्थापित किया। वहां पर मदर ने अपनी तीन दक्ष सिस्टर्स को सेवा-कार्यों के लिए भेजा। भारत के समान वहां के लोग भी ग़रीब तथा सीधे-सादे थे। सिस्टर्स ने उनके साथ रहना स्वीकार कर लिया। वेनेजुएला में 'स्पेनिश' भाषा का प्रयोग होता था। सिस्टर्स ने उस भाषा को सीखा। वेनेजुएला में होम खुलने के पश्चात् कई और विदेशी लोगों ने भी मदर को होम खोलने का निमंत्रण दिया। कई

युवतियां भी होम के लिए सेवा करने को तैयार थीं। उन्हें कार्य करने का प्रशिक्षण दिया जाने लगा। कड़े प्रशिक्षण के पश्चात् ही युवतियां सफल सिस्टर्स बन पाती थीं। इसके पश्चात् इन्हें सेवा के कठिन कार्य में लगाया जाता था।

1973 की बात है, इजराइल तथा मिस्त्र के बीच युद्ध चल रहा था। अमेरिका के सहयोग से इजराइल मिस्त्र की सेनाओं को नष्ट कर रहा था, जब कि मिस्त्र भी पीछे नहीं था। वह अन्य देशों की सहायता से इजराइल में खून-खराबा मचाये हुए था। हज़ारों फिलिस्तीनियों ने आक्रमण के डर से अपना घर-बार छोड़ दिया था। रणभूमि में अनेक शिविर लगे हुए थे। मदर ने इन शिविरों में सेवा के लिए अपनी सिस्टर्स को भेजा। इन शिविरों में घायलों की संख्या दिनोंदिन बढ़ती ही जा रही थी। सिस्टर्स अपनी ड्यूटी को शिफ्टों में बांटकर उनकी सेवा में जुटी हुई थीं। एक दिन इजराइली सैनिक शिविरों में घुस आए, उन्होंने सिस्टर्स को अपने दुश्मनों का जासूस समझा। उन्होंने गोलियां चलाकर उन्हें डराने का प्रयास किया, किन्तु सिस्टर्स नहीं डरीं। सैनिकों ने उनकी तलाशी लेनी चाही, तो वे अपनी तलाशी देने को तैयार हो गईं। जब सैनिक उनकी तलाशी लेने लगे तो वे प्रार्थना करने लगीं। उन्हें डर था कि सैनिक कहीं उनके पास असभ्यता न दिखाएं। तभी संस्था का एक कर्मचारी वहां दौड़ता हुआ आया और बोला, "सिपाहियों! आप जिनकी तलाशी ले रहे हैं, वे मदर टेरेसा की सिस्टर्स हैं। आप इन्हें परेशान न करें।"

मदर का नाम सैनिकों ने खूब सुन रखा था, वे उनकी सेवाओं से भी वाकिफ थे। इसलिए वे सिस्टर्स से दूर हट गए।

"सिस्टर्स, हमें माफ कर दें। हमें अपनी ग़लती पर अफसोस है।" उनका सेनापति सिस्टर्स से बोला।

इस घटना से यह अनुमान लगाया जा सकता है कि जग में मदर का विश्वास कितना सुदृढ़ था। अपने सेवा कार्यों से मदर ने देश-विदेश में रहने वाले सभी लोगों को विश्वास में ले लिया था। इसी बीच इथिओपिया

में भयंकर अकाल फैल गया था। लोग भूखे-प्यासे मर रहे थे। जब यह ख़बर मदर तक पहुंची तो वे तुरन्त इथिओपिया पहुंच गईं। वहां की भयंकर स्थिति को देखकर वे रो पड़ीं। वहां पर उन्होंने होम खोलने का विचार किया। कुछ लोगों ने उन्हें बताया कि वहां पर होम खोलना उनके लिए सरल नहीं होगा, क्योंकि वहां का बादशाह बड़ा ही क्रूर था। दया और प्रेम की तो उसके हृदय में कहीं कोई जगह ही नहीं थी। उसे केवल अपने शासन से मतलब था। कई धार्मिक संस्थाओं को भी वह वहां से हटा चुका था।

उनकी बात सुनकर भी मदर अपने इरादे से विचलित नहीं हुईं। वहां पर होम खोलने के लिए उन्होंने दृढ़ता का परिचय दिया। वे एक बार जिस कार्य को करने की ठान लेती थीं, उसे पूरा करके ही मानती थीं। ईश्वर भी ऐसे कार्यों में उनकी सहायता करता था। उन्होंने अपने मिलने वालों से विचार-विमर्श किया कि बादशह से मुलाकात किस प्रकार जा सकती है, तो उन्होंने बताया कि वे बादशाह की बेटी सैलासी द्वारा उससे मुलाकात कर सकती हैं।

अपने अथक प्रयास के पश्चात् मदर सैलासी से मिलने में कामयाब हुईं। उन्होंने काफी हद तक उसे प्रभावित भी किया। मदर का इसके पीछे कोई स्वार्थ नहीं था। उनका यह सब करने का उद्देश्य केवल रोगियों की सेवा करना था। मदर को आश्वस्त करते हुए सैलासी उनसे बोली, "मैं आपको अपने पिता से मिलाने का पूरा प्रयास करूंगी, किन्तु इसके लिए आपको थोड़ी प्रतीक्षा करनी पड़ेगी।"

उसकी बात मानकर मदर बड़े धैर्य के साथ बादशाह से मिलने की प्रतीक्षा करने लगीं। बादशाह के राज्य के नियम-क़ानून बड़े सख़्त थे, किन्तु मदर ईश्वर पर विश्वास करके उसकी अनुमति की प्रतीक्षा रही थीं। अचानक बादशाह का एक व्यक्ति मदर के पास आया। उसका उद्देश्य उनसे बातचीत करने का था। उसे पता था कि मदर के आने का उद्देश्य क्या है! मदर ने उसे बताया, "मैं यहां पर बीमार, असहाय तथा अपाहिज लोगों की सेवा करने के उद्देश्य से आई हूं।"

"किन्तु आप दवा के लिए धन का प्रबन्ध कहां से करेंगी?" बादशाह के आदमी ने पूछा।

"मुझे बादशाह से सिर्फ सेवा करने की अनुमति चाहिए। बाकी का सारा इंतजाम मैं कर चुकी हूं। आप उसकी चिंता न करें।" मदर ने उत्तर दिया।

"बादशाह पहले भी कई संस्थाओं को सेवा-कार्य करने से मना कर चुके हैं, क्योंकि उन संस्थाओं का उद्देश्य सेवा की आड़ में धर्म-परिवर्तन करना होता है।"

"किन्तु मेरा ऐसा कोई उद्देश्य नहीं है। हमारी संस्था मानव सेवा के लिए सम्पूर्ण रूप से समर्पित है। हम लोग तो लोगों को दया तथा मानवता का पाठ पढ़ाना चाहते हैं।"

मदर से बात करने के पश्चात् वह व्यक्ति सन्तुष्ट तथा प्रसन्न होकर बादशाह के पास पहुंचा। उसने सारी बातें बादशाह से बताईं। उसकी बातें सुनकर बादशाह ने मदर से मिलने की इच्छा व्यक्त की। मदर को सम्मानपूर्वक दरबार में लाया गया। उन्होंने बादशाह को अपनी सेवा भावना से अवगत कराया।

उनकी बात सुनने के पश्चात् बादशाह हर्षित होकर बोला, "हम आपकी भावनाओं का सम्मान करते हैं, आप हमारे राज्य में होम स्थापित कर सकती हैं। मेरे से जितना हो सकेगा, मैं आपको सहयोग प्रदान करूंगा।"

इस प्रकार बादशाह ने मदर को वहां पर होम स्थापित करने की आज्ञा प्रदान कर दी। मदर ने वहां होम खोल लिया तथा रोगियों की सेवा आरम्भ हो गई। उन्होंने उस होम का नाम 'हाइले मिशनरीज ऑफ चैरिटी' रखा। एक साल बाद वहां गृह-युद्ध हुआ तथा बादशाह से उसका शासन छीन लिया गया। उसे परिवार के साथ जेल में बंद कर दिया गया। ऐसे में मदर की संस्था पर संकट के बादल मंडराने लगे। किसी तरह मदर ने बादशाह के परिवार वालों को जेल से मुक्त कराया, किन्तु वे बादशाह को

मुक्त न करा सकीं, उसकी जेल में ही मृत्यु हो गई। मदर की संस्था वहां स्थापित रही, क्योंकि नए शासकों ने मदर की पूरी तरह सहायता तथा सहयोग किया।

मदर ने फिलीपींस में तीन नए होम खोलने की योजना बनायी। इसी उद्देश्य से वो सन् 1987 में फिलीपींस पहुंचीं। वहां पर उन्होंने अपने होम्स का उद्घाटन किया। मनीला की एक ग़रीब बस्ती टोंडो में होम का मुख्यालय स्थित है। 'त्यूमान' के नाम से प्रसिद्ध उस होम में टीबी के रोगियों की संख्या बहुत अधिक थी। यहां के मरीजों का इलाज उन दिनों पूर्ण रूप से नहीं हो पा रहा था, इसी कारण उनका स्वास्थ्य बद-से-बदतर होता जा रहा था। वे लोग केवल एक समय ही भोजन कर पाते थे। भोजन के अभाव के कारण कुछ लोग भूख से तड़प रहे थे।

रोगियों में पुरुषों के अतिरिक्त महिलाएं भी थीं। महिलाओं को कढ़ाई-बुनाई का कार्य भी आता था, किन्तु अपनी बीमारी तथा पैसों की तंगी के कारण वे इन कार्यों को करने में भी समर्थ नहीं थीं। संस्था उन्हें काम करने योग्य बनाने का पूरा प्रयास कर रही थी। होम में एक रोगी ऐसा भी था, जो कि कुशल गाड़ी चालक था। उसका भाग्य अच्छा था और वह स्वस्थ होता जा रहा था। सिस्टर्स भी पूरी तरह उसकी सेवा में जुटी रहकर उसे स्वास्थ्य लाभ देने का प्रयत्न कर रही थीं।

एक दिन वह रोगी होम की एक सिस्टर से बोला, "सिस्टर, मुझे आंखों से कम दिखाई देता है, अगर मुझे चश्मा मिल जाए तो शायद मैं कुछ काम कर सकूं।"

उन दिनों मदर के होम में उनकी करीबी दोस्त विमला मेहता भी थीं। वे प्रवासी भारतीय लेखिका थीं। उस रोगी ने चश्मा लेने की बात उनसे ही कही थी। विमला ने सिस्टर सुपीरियर से इस सम्बन्ध में बात की। सुपीरियर ने कहा कि उस होम में रहने वाले करीब आधे लोगों की आंखें कमज़ोर हैं। यदि हम उस व्यक्ति को चश्मा दें तथा बाकी अन्य लोगों को न दें, तो यह ठीक नहीं होगा। ऐसी स्थिति में हमें सभी लोगों

को चश्मा उपलब्ध कराना पड़ेगा। सुपीरियर की बात सुनकर विमला ने मनीषा छुगानी नाम की एक विदेशी महिला से सम्पर्क किया। मनीषा फिलीपींस में चश्मे की एक बहुत बड़ी दुकान चला रही थीं। विमला ने उससे मदर के होम के रोगियों की आंखों की जांच करने का अनुरोध किया।

उनके अनुरोध पर मनीषा ने होम के अन्दर आंखों की जांच का एक शिविर लगाया। इस शिविर में प्रतिदिन पचास-साठ लोगों की आंखों की जांच होती थी। जांच के पश्चात् उन्हें उनकी आवश्यकता के अनुसार चश्मा दिया जाता था।

एक चश्मे की क़ीमत दो सौ रुपये आंकी गई थी। शिविर में जांच चल रही थी कि अचानक एक व्यक्ति तीसरी बार चश्मा लेने वहां आया। कई लोगों को उस पर शक हुआ। सिस्टर सुपीरियर ने कड़ाई से पेश आते हुए उससे पूछा, "तुम दो बार चश्मा ले जा चुके हो, तीसरी बार फिर आ गए हो। तुम्हारा यह कार्य चोरी करने के बराबर है और चोरी करना महापाप है।"

सिस्टर की बात सुनकर वह व्यक्ति उनके आगे हाथ जोड़कर खड़ा हो गया और बोला, "मुझे माफ कर दें सिस्टर, मैं आगे से ऐसा फिर कभी नहीं करूंगा।"

"पहले तुम यह बताओ कि उन दोनों चश्मों का तुमने क्या किया, तभी मैं तुम्हें माफ कर सकती हूं।" सिस्टर ने कहा।

"एक चश्मा तो मैंने तीस रुपये में बेच दिया तथा दूसरा चश्मा मेरा भाई मुझसे छीनकर ले गया, क्योंकि मैंने उससे कर्जा ले रखा था।" वह व्यक्ति सच्चाई बताते हुए बोला।

उसकी बात सुनकर विमला को बहुत गुस्सा आया, वे बोलीं, "तुम क्या नहीं जानते कि यह चश्मा कितनी मेहनत से बनता है? इसे बनाने में समय के साथ-साथ पैसा भी खर्च होता है। तुम इस चश्मे का दुरुपयोग कर रहे हो। यह अच्छी बात नहीं है।"

"मैं ऐसी ग़लती अब कभी नहीं करूंगा।" वह व्यक्ति विमला के सामने विनीत भाव से गिड़गिड़ाते हुए बोला, "मेरे सामने विवशता थी, मैं भूखा था, इसलिए एक होटल में जाकर चश्मे को बैरे के हाथों बेच दिया। फिर बैरे ने मुझे पेट भर फिंगर चिप्स खिलाए। अगर में भूखा न होता तो चश्मे को हरगिज न बेचता।"

ये सारी बातें मदर तक पहुंचीं। मदर ने सिस्टर्स को समझाते हुए कहा, "भूखा व्यक्ति अपनी भूख मिटाने के लिए कुछ भी कर सकता है। आज उसने चश्मा बेचा है, कल वह चोरी करेगा, परसों डाका डालेगा। भूख को सहन करने वाले लोग बहुत कम होते हैं। आज जो व्यक्ति भूख के कारण चोरी कर रहा है, उसे यदि हम पेट भर भोजन करा दें तो वह चोरी नहीं करेगा। इसीलिये पहले आप लोग भूखे को रोटी दो, उसके बाद कोई दूसरा काम करना।"

सभी सिस्टर्स उसी दिन से मदर की बातों का अनुसरण करने लगीं।

मदर टेरेसा का अन्तिम समय

दिन-रात पीड़ितों की सेवा करते-करते मदर टेरेसा की सेहत दिन-प्रतिदिन ख़राब होती जा रही थी। वैसे तो वे संस्था के प्रमुख पद पर बनी थीं, किन्तु अब वे उस पद से हटना चाहती थीं। कई बार वे लोगों को इशारा कर चुकी थीं कि उन्हें वहां से जाना है। लोग सोचा करते थे कि मदर के बिना भला संस्था किस प्रकार चलेगी? अंत में उन्होंने सन् 1996 में संस्था के प्रमुख से इस्तीफा दे दिया। पूरे संसार में यह ख़बर आग की तरह फैल गई। उनकी बिगड़ती सेहत ने सभी को दुखी कर दिया। उनके डॉक्टर डॉ. ए. के. वर्धन ने कहा था :

"मदर को अपनी मृत्यु का आभास हो गया है।"

यह सन् 1996 की बात है। सितम्बर का महीना था। मदर की स्थिति अधिक ख़राब हो गई थी। डॉ. वर्धन के सुझाव पर उन्हें अस्पताल में भर्ती करा दिया गया। जिस अस्पताल में वे भर्ती हुईं, उस अस्पताल

का नाम वुडलैंड नर्सिंग होम था। वे इतनी कमज़ोर हो गई थीं कि उनका चलना-फिरना भी भारी था। उन्होंने दस दिसम्बर को होने वाले प्रेरणा दिवस में जाने की इच्छा व्यक्त की। इसी तिथि को 'मिशनरीज ऑफ चैरिटी' का उदय हुआ था। इसी कारण दस दिसम्बर को बड़े-बड़े आयोजन किए जाते थे, प्रार्थना-सभाएं होती थीं।

इस अवसर पर मदर अपने डॉक्टर से बोलीं, "डॉक्टर! मुझे प्रार्थना सभा में जाना है।"

"किन्तु आप असमर्थ हैं, मदर! वहां भला कैसे जा सकती हैं?" डॉक्टर ने जवाब दिया।

"डॉक्टर! यह मेरा अन्तिम प्रेरणा दिवस है। इस दिन अगले साल मैं जीवित नहीं रहूंगी। इसी कारण कृपया आप मुझे वहां ले चलने का कष्ट करें।"

मदर की आज्ञा को डॉक्टर भला कैसे टाल सकते थे! मदर की प्रार्थना सभा में भेजने की व्यवस्था की गई। मदर ने प्रार्थना सभा में हिस्सा लिया। 13 मार्च 1997 को सिस्टर निर्मला को मदर के कार्यों का उत्तराधिकारी चुन लिया गया।

सन् 1997 सितम्बर माह की पांचवीं तारीख थी। दिन गुज़र चुका था। रात को मदर ने हल्का भोजन किया। उनके शरीर में दर्द हो रहा था। इसी कारण चर्च जाने के स्थान पर उन्होंने अपने कमरे में ही प्रार्थना की। मदर के चेहरे को देखकर साफ नज़र आ रहा था कि उन्हें बहुत दर्द हो रहा है। सिस्टर शान्ति ने उनके दर्द को भांप लिया। तभी बिजली चली गई। सिस्टर मोमबत्ती जला कर दवा देने आई। मदर ने सिस्टर से कहा, "मुझे सांस लेने में तकलीफ हो रही है।"

उसी समय सिस्टर ने डॉक्टर अल्फ्रेड को बुला लिया। 'लाइफ सपोर्ट सिस्टम' लगा कर डॉक्टर ने मदर की परेशानियों को दूर करने का प्रयास किया, किन्तु उनका प्रयास व्यर्थ गया। होनी को कोई नहीं टाल सकता था। कालचक्र मूक दर्शक बना हुआ सब कुछ देख रहा था। मदर के पास

खड़ी सिस्टर ईश्वर से प्रार्थना कर रही थीं। किन्तु उनकी प्रार्थना विधि के विधान को नहीं मिटा सकी। 87 वर्ष की उम्र में मदर सदा के लिए विलीन हो गईं। ममता तथा करुणा की देवी मां अपने अनाथ बच्चों को अकेला छोड़ कर चली गईं। सबको राह दिखाने वाली रौशनी आज बुझ चुकी थी। मदर के निधन की सूचना विश्व के सभी होम्स में जंगल की आग की तरह फैल गई थी। होम्स के सभी लोग फूट-फूट कर रो रहे थे। आज उन्हें अपनी ममतामयी मां का प्रेम बहुत याद आ रहा था। एक पल भी वे मदर को भूल नहीं पा रहे थे। आई. के. गुजराल उस समय भारत के प्रधानमंत्री थे। किसी समाज सेविका को भारत में पहली बार राजकीय सम्मान के साथ दफनाने का निर्णय लिया गया था। बंगाल के मुख्यमंत्री ज्योति बसु ने भी उन्हें मदर होम में दफनाने का निर्देश दिया था। गांधी जी के बाद मदर ही विश्व की दूसरी महान हस्ती थीं, जिन्हें राजकीय सम्मान के साथ अन्तिम संस्कार करने की घोषणा हुई थी। दोनों ही महान आत्माओं ने लोगों के दुःखों को समझा था और उनके दुःखों के निवारण के लिए अथक प्रयास भी किया था। भारत सरकार ने दोनों को गौरवमय सम्मान दिया था। मदर की अन्तिम यात्रा की तैयारियां होने लगी थीं। उनकी समाधि के लिए कलकत्ता के मदर होम को चुना गया। 13 सितम्बर 1997 को उन्हें दफनाने के लिए ज़मीन खोदी गई। कुछ घंटों के लिए मदर होम को बंद कर दिया गया था। होम के बाहर लोगों की भीड़ जमा हो गई थी। धार्मिक रीति से मदर को दफनाने की कार्यवाही प्रारम्भ हो गई थी। उनका शव तिरंगे में लिपटा हुआ था। शव को सेना के जवानों ने तोप-गाड़ी में रखा। शवयात्रा निकल पड़ी। पचपन देशों के गणमान्य व्यक्ति इस अवसर पर उपस्थित थे। प्रधानमंत्री तथा राष्ट्रपति ने मदर को भावभीनी श्रद्धांजलि अर्पित की। अन्तिम यात्रा के दौरान सेना के बैंड मातमी धुन बजा रहे थे। मदर के अन्तिम दर्शन को देश के लाखों लोग कतारों में खड़े थे। सभी की आंखें नम थीं। भीड़ बेकाबू हो रही थी। सेना के जवान भीड़ को काबू करने का प्रयत्न कर रहे थे, किन्तु वे असफल रहे। सभी ने मदर को श्रद्धांजलि अर्पित की, इसके पश्चात् उन्हें अन्तिम समाधि दे दी गई।

अ

अच्छा

मानवता की सेवा एक अच्छा कार्य है, यदि किया है तो तुमने आज अच्छा किया है, कल को लोग अक्सर भूल जाएंगे, फिर भी तुम अच्छा करो।

जो दूसरों के लिए अच्छा कार्य करते हैं, ईश्वर उसके पथ में फूलों की बरसात करते हैं। कहने का अर्थ यह है कि जो दूसरों के साथ भलाई करते हैं, उसके जीवन में भी भलाई ही होती है और लोग उसे भला आदमी कहकर ही पुकारते हैं।

अनन्त

दयालु शब्दों के साथ बात करना बहुत आसान हो सकता है, लेकिन उनकी राय वास्तव में अनन्त है।

इस दुनिया में भलाई क़रने के लिए अनन्त काम हैं, लेकिन उन कामों को करने की लालसा तो होनी ही चाहिए।

अन्याय

सबसे बड़ा अन्याय ग़रीबों पर यह है कि हम सोचते हैं कि वे किसी लायक ही नहीं हैं।

न्याय-अन्याय पर विचार कर जब हम उनकी सेवा करते हैं, तो हम पर जो गुज़रता है, क्या वह एक अद्‌भुत अनुभव नहीं है।

अवसर

जो मानवता की सेवा का अवसर गंवा देते हैं, वे किसी भी क्षेत्र में सफलता नहीं पाते।

जब तक आलसी सोया हुआ है, तब तक तुम परमार्थ कर लो, फिर अवसर नहीं मिलने वाला।

अवसर एक या दो बार ही मिलते हैं और जो इन अवसरों को गंवा देते हैं, वे फिर कभी अवसर प्राप्त नहीं करते।

अच्छे अवसरों का हमेशा लाभ उठाना चाहिए, लेकिन इसका अर्थ यह नहीं कि दूसरों को हानि पहुंचाकर अवसरों का लाभ उठाया जाए।

यदि ईमानदारी के साथ जीवन पथ पर आगे बढ़ा जाए तो उन्नति के ढेर सारे अवसर मिलते हैं, लेकिन उनका लाभ उठाने की हिम्मत और योग्यता होनी चाहिए।

जो अवसर को नजर अंदाज कर देते हैं, अवसर उसे भूल जाते हैं और फिर वह जीवनभर अवसरों को खोजता रहता है।

अवसरों से लाभ उठाने वाला ही बुद्धिमान है।

अध्ययन

अध्ययन हमें आनन्द देता है, अलंकृत करता है और फिर ढेर सारा सम्मान प्रदान करता है।

अध्ययन बिना ज्ञान नहीं बढ़ सकता।

अत्यधिक अध्ययन भी शरीर की क्लान्ति है, शान्ति नहीं।

अध्ययन साधना से कम नहीं होता।

अमरत्व

श्रेष्ठ व्यक्ति कभी नहीं मर सकता, उसे अमरत्व प्राप्त हो जाता है।

हमारी अमरत्व की मधुर आशा केवल समाज सेवा से की जा सकती है।

अज्ञानता

समाज सेवा से ऐसा भी समय आता है, जब अज्ञानता भी वरदान सिद्ध होती है।

अज्ञानता में व्यक्ति ग़लत कार्य कर डालता है, इसलिए किसी भी काम को सोच-विचार कर करना चाहिए।

जो कुछ मैं नहीं जानती उसके विषय में अपनी अज्ञानता स्वीकार करने में

मुझे लज्जा नहीं। वरन अज्ञानता को स्वीकार करके मैं एक प्रकार से प्रायश्चित ही करती हूं।

मैं तो बस ग़रीबों की सेवा करना जानती हूं और इसके लिए मुझे गर्व है।

अस्पृश्यता

मनुष्य के साथ प्रेम करने का ही पाठ प्रभु ने बताया है, घृणा करना तो पाप है। अस्पृश्यता अब गुज़रे ज़माने की बात है।

अस्पृश्यता किसी अभिशाप से कम नहीं।

अहंकार

दम्भ का अहंकार होता है और अहंकारी आत्मा हमेशा पतित होकर विनष्ट होती है।

अहंकार विनाश का कारण होता है।

नाश से पूर्व व्यक्ति अहंकारी हो जाता है, किन्तु सेवा सदैव व्यक्ति को गौरव प्रदान करती है।

अभ्यास

अभ्यास करना है, तो अच्छे कार्यों का करो।

अभ्यास से असाध्य कार्य भी सध जाते हैं।

अतिथि

हर भूखा व्यक्ति मेरे लिए अतिथि है और मेरी संस्था की रसोई उसके लिए चलती है।

काश, वन की शान्त छाया में मेरी एक कुटी होती, जिसमें अतिथि रुककर विश्राम ले पाते और मैं उनकी सेवा करती।

अभिनय

अभिनय ही करना है तो वास्तविक करो, ताकि दीन-दुखियों की सेवा हो जाए।

अभिनय करना है, तो दूसरों की भलाई करने का करो।

अनुपस्थिति

अनुपस्थित व्यक्ति की निन्दा करने को उत्सुक नहीं होना चाहिए, क्योंकि जो है नहीं उसके विषय में बात करने से क्या लाभ।

बुरे कार्यों में अनुपस्थिति दिखाओ, भले ही न जाने से कोई नाराज़ हो जाए।

अन्धकार

अरुणोदय के पूर्व सदैव ही सघन अन्धकार होता है। और एक नए दिन का उदय होता है।

प्रकाश से उदय होते ही, अन्धकार अपने आप समाप्त हो जाता है।

मुझे अन्धकार नहीं प्रकाश की ओर ले चलो मेरे परमात्मा, क्योंकि मैं प्रकाशमय जीवन ही जीना चाहती हूं।

अवांछित

आज के समाज की सबसे बड़ी बीमारी कुष्ठ रोग या तपेदिक नहीं है, बल्कि अवांछित रहने की भावना है।

असफलता

असफलता निराशा का सूत्र कभी नहीं होती है, अपितु वह तो प्रेरणा का सूत्र है।

असफलता में ही सफलता का राज छिपा होता है।

असफलता का कारण धनाभाव नहीं, अपितु अधूरी योजना होती है।

अपमान

यह हम ही हैं और दूसरों का अपमान करने की हमारी भावना है, जो हम अपने भाई और बहनों को नशे की ओर जाने देते हैं और उन्हें शराबी बना देते हैं। वे अपना अपमान भुलाने के लिए ही इस ज़हर का सेवन करते हैं।

अविवाहित माता

हम लोगों ने अविवाहित माताओं को कहा, "आओ, हम तुम्हारी देखभाल करेंगे। हम लोग तुम्हारे बच्चों की भी देख-रेख करेंगे और उन्हें एक घर प्रदान करेंगे। हम लोगों के पास आज ऐसे परिवारों से बच्चों की मांग काफ़ी आने लगी है, जिनके परिवार में बच्चे नहीं हैं और इसलिए वे लोग बच्चे चाहते हैं। ऐसा होना हमारे लिए ईश्वर के आशीर्वाद के समान

है। हमने एक काम और ऐसा किया, जो बहुत अच्छा है। भिखारियों, कुष्ठ रोगियों, मरीज़ों और ग़रीब बस्तियों में रहने वाले लोगों को परिवार नियोजन के बारे में शिक्षित किया।

असन्तोष

असन्तोष ही राष्ट्र की उन्नति का प्रथम चरण है, क्योंकि असन्तोष से ही क्रान्ति का जन्म होता है।

जितना मिल जाए उसी में सन्तोष कर लेना चाहिए, क्योंकि असन्तोष तृष्णा को जन्म देती है।

अनुभव

अनुभव की पाठशाला में जो पाठ सीखे जाते हैं, वे पुस्तकों और विश्वविद्यालयों में नहीं मिलते।

अनुभव-प्राप्ति के लिए काफी मूल्य चुकाना पड़ सकता है, पर उससे जो शिक्षा मिलती है वह और कहीं नहीं मिलती।

अधिकतर लोग नए साल की प्रतीक्षा केवल इसलिए करते हैं कि पुरानी आदतें नए सिरे से फिर शुरू की जा सकें। लेकिन नए साल पर जन सेवा की नई सूची बनाएं तो जीवन सुधर सकता है।

अधिक अनुभव, अधिक सहनशीलता और अधिक अध्ययन यही विद्वत्ता के तीन महास्तंभ हैं।

असफल व्यक्ति

यदि आपके जीवन में असफल चैप्टर नहीं हैं, तो आप पर्याप्त जोखिम नहीं उठा रहे हैं। असफल व्यक्ति ही सफल बनता है।

असफल

यदि आपने अपने जीवन की महानतम सफलता को प्राप्त करने की प्रक्रिया में किसी के दिल को ठेस पहुंचाई है, तो आपको स्वयं को सर्वाधिक असफल व्यक्ति मानना चाहिए।

अमीर

यदि आप अमीर होने की अनुभूति चाहते हैं, तो उन वस्तुओं पर विचार करें, जिन्हें पैसे से नहीं ख़रीदा जा सकता है।

अमीर की भी निस्वार्थ सेवा करो।

आ

आंसू

शरीर के मामले में जो स्थान साबुन का है, वही आत्मा के सन्दर्भ में आंसू का है। आंसुओं से आत्मा का पाप धुल जाता है, इसलिए आंसू निकालना अच्छा है, लेकिन मगरमच्छ के नहीं ये पश्चाताप के होने चाहिएं।

आंतरिक सौंदर्य

आंतरिक सौन्दर्य का आह्वान करना कठिन काम है, सौन्दर्य की अपनी भाषा होती है, ऐसी भाषा जिसमें न शब्द होते हैं न आवाज़।

आशा

जब दुनिया यह कहती है कि हार मान लो, तो आशा धीरे से कान में

कहती है कि एक बार फिर से प्रयास करो, क्योंकि प्रयास कभी निष्फल नहीं जाता।

आत्महत्या

आत्महत्या, एक अस्थायी समस्या का स्थायी समाधान नहीं, क्योंकि जीवन ईश्वर का दिया हुआ है, आप इसे समाप्त नहीं कर सकते।

आकांक्षा

बहुत से व्यक्ति यदि महान आकांक्षाओं से पूर्ण न होते, तो छोटी बातों में तो सफल होते और बड़ी के मार्ग स्वयं खोल लेते।

मनुष्य अपनी आकांक्षाओं को आधा कर ले, तो उसकी कठिनाइयां उसी अनुपात में बढ़ जाएंगी।

आलोचना

आलोचना वृक्ष की शाखा से प्रायः फूल और कांटों दोनों को ही अलग कर देती है।

आलोचना से व्यक्ति में निखार आता है, बशर्ते उस पर मनन किया जाए।

आलस्य

आलस्य जीवित व्यक्ति की मौत है, जो अन्तिम संस्कार भी नहीं होने देती।

खोया समय कभी प्राप्त नहीं हो सकता, इसलिए आलस्य छोड़कर कल का काम आज ही निपटा लेना चाहिए।

आत्मा

उस व्यक्ति को क्या लाभ, जो सम्पूर्ण विश्व को प्राप्त कर ले, किन्तु स्वयं अपनी आत्मा को न पहचानता हो।

आत्मा की आवाज़ ईश्वर की वाणी होती है।

आपत्ति

आपत्ति में मनुष्य स्वयं को और मित्रों को भी पहचान लेता है।

ऐश्वर्य एक महान शिक्षक है, जब कि आपत्तियां लक्ष्य पाने के लिए संघर्ष की प्रेरणा देती हैं।

आनन्द

अपनी बुरी आदतों पर जीत हासिल करने के समान जीवन में कोई और आनन्द नहीं होता है।

आवश्यकता

आवश्यकता किसी नियम का पालन नहीं करती, वह हर नियम तुरन्त तोड़ देती है।

आज सारे संसार को दया व करुणा की आवश्यकता है।

ग़रीब को दया की नहीं, प्रेम की आवश्यकता है।

यदि आवश्यकता आविष्कार की जननी (माता) है, तो असन्तोष विकास का जनक (पिता) है।

आराम

आज हमें बहुत कार्य करने हैं, क्योंकि हमें परमेश्वर के पास जाकर आराम करना है।

आश्चर्य

आश्चर्य ही उपासना का आधार है और प्रभु को पाने की पहली सीढ़ी।

परमात्मा का बनाया हुआ यह संसार आश्चर्य से भरा पड़ा है।

आश्चर्य दार्शनिकता को जन्म देती है।

इ

इंसान

डूबते को तारना ही अच्छे इंसान का कर्तव्य होता है।

इतिहास

करना ही है तो कुछ ऐसा करो कि इतिहास में नाम अमर हो जाए।

हरेक ऐतिहासिक घटना अमिट चिह्न अंकित करती है, जिससे नई पीढ़ियां प्रेरणा लेकर एक नया इतिहास रचती हैं।

इच्छा

जो प्रार्थना यीशू के लिए दिल से उठती है, वही इच्छा पूरी करती है।

प्रकाश हमें परमेश्वर की इच्छा का पता देता है, प्रेम के द्वारा हमें ईश्वर की इच्छा माननी चाहिए। भगवान की राह पर जाने का यही मार्ग होगा।

इच्छाएं

जीवन के केवल दो स्थल ही कष्टदायक हैं : प्रथम तो इच्छाओं की पूर्ति हो जाना और द्वितीय इच्छाएं अधूरी रह जाना।

इच्छाएं जितनी कम होंगी, व्यक्ति उतना ही सुखी हो जाएगा।

जो व्यक्ति इच्छाओं से मुक्त है, सदैव प्रसन्न रहेगा।

ई

ईमानदारी

ईमानदारी सर्वश्रेष्ठ शिक्षा है।

ईमानदारी के पथ पर चलकर कोई भी व्यक्ति कभी-भी दुखी नहीं रह सकता।

यथार्थता और ईमानदारी दोनों सगी बहनें हैं, जिनमें भावनात्मक प्रेम होता है।

ईश्वर

प्रत्येक व्यक्ति ईश्वर की प्रतिमा है।

ईश्वर ग़रीबों की सेवा करने से प्रसन्न होता है। इसलिए ईश्वर को हमेशा प्रसन्न रखने के लिए ग़रीबों की सेवा करें।

ईश्वर उन्हीं की सहायता करता है, जो अपनी और दूसरों की सहायता करते हैं।

ईश्वर ही है जो हमारा ध्यान रखता है, यात्रा, कपड़े, खाना और वह हमारे आराम की सभी वस्तुएं ग़रीब से ग़रीब लोगों को भी प्रदान करता है।

ईश्वर को हमारे सफल होने की आवश्यकता नहीं है, बल्कि वह चाहता है कि हम कोशिश करें।

ईश्वर हमारे प्रेम की ओर ध्यान देता है। हममें से कोई भी उसके लिए अपरिहार्य नहीं है।

ईश्वर विश्व को बहुत प्रेम करते हैं। इसलिए उन्होंने अपने बेटे ईसा मसीह को जन्म दिया। यह एक उपहार के रूप में था। प्रभु ईसा मसीह हम लोगों के लिए ही मरे, कुष्ठ रोगियों के लिए मरे और भूख से मरने वालों के लिए मरे। सड़कों पर पड़े असहाय, पीड़ित, जो न केवल कोलकाता, बल्कि अफ़्रीका और विश्व के अन्य किसी भी भाग में मिल जाते हैं, ऐसे लोगों के लिए ही प्रभु ईसा मसीह ने अपने प्राणों को त्यागा था। हमारी सिस्टर्स दीन-हीन लोगों की सेवा विश्व के 105 देशों में पूरी मेहनत से कर रही हैं।

केवल एक ही ईश्वर है और वह सभी का ईश्वर है। इसलिए यह ज़रूरी है कि ईश्वर के सामने सभी लोगों को एक समान रहना चाहिए।

बोलने से पूर्व यह ज़रूरी है कि पहले तुम सुनो। ईश्वर तुम्हारे शान्त हृदय से बातें करते हैं।

जब कभी कोई आदमी भूख से मरता है, तो ऐसा नहीं होता कि ईश्वर द्वारा उसकी परवाह न करने के कारण वह मृत्यु को प्राप्त हुआ। ऐसा केवल इसलिए होता है, क्योंकि हम उसे वह वस्तु देना नहीं चाहते, जिसकी उसे आवश्यकता है।

समाज-सेवा ही सच्ची ईश्वर भक्ति है।

पीड़ित-दीन-दुखियों की सेवा करो, क्योंकि जो ऐसा करता है, ईश्वर उसी से प्रसन्न होते हैं।

ईश्वर बोझ देता है, और कंधे भी।

ईर्ष्या

पड़ोसी की मुर्गी भी हमें हंस प्रतीत होती है, इसलिए ईर्ष्या करना अपने आपको धोखा देना है।

यदि आपको शान्ति और खुशी मिल जाए, घनिष्ट मित्र भी तुमसे ईर्ष्या कर सकते हैं।

दयापात्र बनने की अपेक्षा ईर्ष्या का पात्र बनना अच्छा है। लेकिन केवल अच्छे कार्य करके ही।

दूसरों की उन्नति से ईर्ष्या कभी भूलकर भी न करें।

उ

उन्नति

पवित्र भावना वाला व्यक्ति हर क्षेत्र में उन्नति करता है।

आधुनिक उन्नति से जो सम्पत्ति बढ़ रही है, जब तक वह पूंजी का निर्माण और विलासिता की उत्पत्ति में लगी रहेगी, तब तक उन्नति सच्ची नहीं बन सकती। इसलिए सम्पत्ति का उपयोग परोपकार में लगाओ।

उपदेश

दूसरों को उपदेश देने वाले बहुत होते हैं, लेकिन खुद उस पर अमल करने वाले खोजने से भी नहीं मिलेंगे।

उपदेश बिन्दु एक बैठक बिन्दु नहीं है। फिर तुम क्या करते हो? एक झाड़ू लो और किसी का घर साफ करो।

उपदेश देना जितना सरल है, उस पर अमल करना उतना ही कठिन है।

उद्देश्य

महान उद्देश्य से प्रेरित व्यक्ति को भाग्य नहीं रोक सकता। इसलिए अपने कर्म में हमेशा लगे रहना चाहिए।

जिसका उद्देश्य ऊंचा है, उसे उन्नति करने से भला इस संसार में कौन रोक सकता है।

उद्योग

मैं मार्ग खोज लूंगी अथवा अपना मार्ग स्वयं बना लूंगी, क्योंकि मुझे अपने उद्योग में सफल होना है।

यदि तुममें उद्योगी बनने की शक्ति है, तो अपनी सारी शक्तियों को केन्द्रित कर अपने उद्देश्य की पूर्ति में निरत हो जाओ।

उपासना

जब मनुष्य उपासना प्रारम्भ करते हैं, तभी वे लक्ष्य पर बढ़ने लगते हैं।

उपासना ही करनी है तो परमपिता परमेश्वर की करो, जिसने तुम्हें इस दुनिया में उतारा है।

ईश्वर की उपासना एकाग्रता से करो, क्योंकि इससे आत्मिक बल मिलता है।

उदार

अगर तुम ईमानदार और उदार हो, लोग तुम्हें धोखा देंगे, फिर भी तुम ईमानदार रहो, और सबसे उदार रहो।

ए

एकता

एकता का किला सबसे सुरक्षित होता है। न वह टूटता है और न उसमें

रहने वाला कभी दुखी होता है। इसलिए एकता के गुण को हमेशा विकसित करना चाहिए।

एकता का किला सबसे सुदृढ़ होता है। उसके भीतर रह कर कोई भी प्राणी असुरक्षा अनुभव नहीं करता।

औ

औषधि

चिकित्सक केवल औषधि देता है, अच्छा करने वाली प्रकृति है।

ईश्वर अच्छा करता है और औषधि देकर फीस चिकित्सक ले जाता है।

औरत

औरत घर का हृदय है। चलो हम प्रार्थना करें कि हम सभी औरतों के अस्तित्व का कारण, प्यार करना और प्यार देना है और इस पूरी दुनिया में प्रेम के द्वारा ही शान्ति स्थापित है।

क

कृतज्ञता

किसी कृतज्ञता को तत्काल चुकाने, का प्रयत्न करना एक प्रकार की, कृतज्ञता ही है।

कृषि और कृषक

कृषि प्रधान भारत में कृषकों की स्थिति सबसे दयनीय है।

कृषक तपस्वी का जीवन बिताकर कृषि से देश को खुशहाल करते हैं।

कष्ट

प्रत्येक कार्य प्रार्थना के साथ आरम्भ होता है। प्रेम के लिए प्रार्थना...जब तुम्हें प्रार्थना की आवश्यकता हो, अधिकतर उस समय जब तुम कष्ट में हो।

कठिन

प्यार की भूख को मिटाना रोटी की भूख से अधिक कठिन है।

करुणा

करुणा, एक भाषा जिसे बधिर सुन सकते हैं और नेत्रहीन देख सकते हैं।

कठोरता

धमनियों की कठोरता की तुलना में दिलों की कठोरता से लोग जल्दी बूढ़े होते हैं।

कला

कला जीवन का खाद्य नहीं अपितु शीतल पेय है।

कला निपुण व्यक्ति कभी मार नहीं खाता।

कला के साथ हमारे जीवन का घनिष्ठ सम्बन्ध है। इससे जीवन में रोचकता बढ़ती है।

कवि

सौंदर्य कवि के स्वप्नों में बसता है। लेकिन एक समाजसेवी भी कवि है।

परमात्मा सबसे महान कवि है। उससे अच्छी कविता अखिल संसार में कोई नहीं कर सकता।

कविता कवि करता है, वरन उसका रस स्रोता पान करता है।

कठिनाई

प्रकृति जब कठिनाइयां बढ़ाती हैं, तो आगे बढ़ने का रास्ता भी सुझाती है।

कर्तव्य

जो कर्तव्य से विमुख रहता है, वह हरेक लक्ष्य से दूर ही रहता है।

जो अपना कर्तव्य करने से चूकता है, वह एक महान लाभ से स्वयं को दूर रखता है।

ईश्वर कभी भी उस व्यक्ति की सहायता नहीं करता, जो अच्छे कर्म नहीं करता, अपने कर्तव्य का पालन नहीं करता।

कल्पना

कल्पना ज्ञान से भी अधिक महत्वपूर्ण है, क्योंकि यह आविष्कार अर्थात् नए ज्ञान की जननी है।

कल्पना आत्मा का तीसरा नेत्र है।

कल

स्वर्ग का द्वार खटखटाना है, तो भलाई की इच्छा कल पर न छोड़ो, आज

से ही परोपकार के कार्यों में लग जाओ, क्योंकि कल हो सकता है भलाई करने के लिए समय ही न हो।

कर्महीन

कर्महीन व्यक्ति जीवन में कभी सफल नहीं हो सकता।

जो कर्महीन है, उसका इस संसार में जीना ही व्यर्थ है।

कटुता

परमात्मा कटुता का नहीं प्रेम का प्यासा है।

कटुता छोड़कर प्रेम रस की बरसात करो, तभी उपवन में मुस्कराते फूल खिलेंगे।

कायरता

जब किसी पर भयानक आपदा आ पड़ती है, तब वह बलिष्ठ होकर भी कायरतापूर्ण कार्य कर उठता है।

समाज की भलाई न करना सबसे बड़ी कायरता है।

कानून

कानून एक ऐसे गड्ढ़े के समान है, जिसकी कोई थाह नहीं।

कानून का हण्टर कभी किसी दोषी को नहीं छोड़ता। इसलिए हर कार्य सोच-समझकर धर्मानुसार ही करो।

कानून से ऊपर कोई भी नागरिक नहीं, इसलिए संविधान एवं राष्ट्रीय विधि का सम्मान करना चाहिए।

कारण

प्रकृति की प्रत्येक वस्तु एक कारण है, जिसका कुछ-न-कुछ परिणाम अवश्य होता है।

हर समस्या किसी कारण से उपजती है और कारण से ही उसका समाधान निकलता है।

कार्य

यदि आपके घर या पास में कोई अकेला या बीमार व्यक्ति है : शायद सिर्फ उसका हाथ पकड़ने से, सिर्फ एक मुस्कान देने से, वह सहज़ महसूस करेगा जो कि एक महान और सबसे सुन्दर कार्य है।

मैं जानती हूं कि स्वर्ग कैसा होगा, मगर मुझे नहीं पता जब यीशु के पास न्याय के लिए जाने का समय आएगा, तो वह हमसे नहीं पूछेगा कि तुमने अपने जीवन में कितने अच्छे कार्य किए।

हमें प्रत्येक कार्य पूरे जोश के साथ करना चाहिए।

तुम उचित रूप से भलाई के कार्य करो और संसार को डूबने दो।

क्रान्ति

क्रान्तियां उत्पन्न नहीं की जातीं; वे परिस्थितियों से अपने आप ही फूट पड़ती हैं।

सारे विश्व को एक नई क्रान्ति की ज़रूरत है, ताकि भेदभाव हमेशा के लिए मिट सके।

किताब

जब मैं गाजा पार कर रही थी, मुझसे एक चेक पोस्ट पर पूछा गया कि क्या मैं हथियार ले जा रही हूं। मैंने जवाब दिया 'हां, मेरी प्रार्थना की किताबें मेरे हथियार हैं।

किताबें समय के महासागर में जलदीप की तरह रास्ता दिखाती हैं।

कीमत

आपको कुव्यसनों की कीमत दो बार चुकानी पड़ती है : एक बार जब आप उनके प्रभाव में आते हैं, तथा दूसरी जब वह आपको प्रभावित करती हैं।

क्रोध

क्रोध सदैव मूर्खता से प्रारंभ होता है और पश्चाताप पर समाप्त।

क्रोध ऐसी आंधी है, जो विवेक को नष्ट कर देती है।

क्रोध व्यक्ति को बुद्धिहीन बना डालता है।

जो क्रोध करने में विलम्ब करता है वह महान बुद्धिमान है, किन्तु जिसमें उतावलापन है, वह मूर्ख है।

क्ष

क्षमा

हम वास्तव में प्रेम करना चाहते हैं, तो हमें क्षमा करना सीखना होगा।

क्षमादान

याद रखें, हे सबसे अनुग्रह वर्जिन मेरी! अपनी सुरक्षा के लिए यह सभी तुम्हारी ओर भागें। इन्होंने तुम्हारी मदद और अपनी रक्षा की मांग के लिए खुद को बेसहारा छोड़ दिया है। इस विश्वास के साथ कि हम तुम्हारे साथ उड़ान भरें। तुम्हें अपनाना होगा जब हम दुःखी और बेसहारा खड़े हों। हे माता, हमारी याचिकाओं को तिरस्कार नहीं, क्षमादान दो, सुनो और उत्तर दो।

क्षण

मुझे मरना ही है; इसलिए मैं सबसे महत्वपूर्ण क्षणों के रूप में प्यार को पसंद करती हूं। अन्य क्षण जो प्यार के नहीं होते, वे बेकार होते हैं।

क्षुद्रता

क्षुद्र आत्मा कभी भी महान आशा का घर नहीं बन सकती।

क्षुद्रता नरक का द्वार है।

ख

ख्याति

जो समाज के लिए कुछ करते हैं, उन्हें अपनी ख्याति की चिंता नहीं रहती।

ख्याति विरासत में नहीं मिलती, भलमनसाहत के कार्यों के पुरस्कार में मिलती है।

खाली

खाली बैठना दुनिया में सबसे थकाने वाला काम है, क्योंकि सर्वस्व त्याग देना और आराम करना असंभव है।

खिलाना

यदि आप सौ लोगों को नहीं खिला सकते तो एक को ही खिलाइए।

खुशनसीब

जो लोग पूरी तरह और वास्तव में एक-दूसरे से प्रेम करते हैं, वही दुनिया के सबसे खुशनशीब लोग हैं। वे बहुत छोटे हैं, वे कुछ नहीं हैं, मगर वे खुशनसीब हैं। सभी कुछ इस बात पर निर्भर करता है कि हम कैसे एक-दूसरे से प्रेम करते हैं।

खुशी

यीशू की खुशी ही मेरी ताकत होगी, वह मेरे हृदय में होगा। प्रत्येक व्यक्ति जिससे में मिलूंगी, यही मेरा कार्य है। मेरा मार्ग, मेरी प्रार्थना, प्रत्येक चीज़। यही सत्य है जो हम बोलते हैं। वह प्रेम है, जो हमें चाहिए।

चमत्कार यह नहीं है कि हम सेवा कार्य करते हैं, बल्कि यह है कि ऐसा करने में हमें खुशी मिलती है।

मैं ग़रीब लोगों को प्रेम देने की कोशिश करती हूं, मैं भगवान की खुशी के लिए उनकी देखभाल करती हूं।

बजाय मृत्यु और दुःख के, चलो दुनिया में खुशी लाएं, क्योंकि यही सुखी होने का एकमात्र पथ है।

खुशी और शान्ति

हम अक्सर बलिदान से भी डरते हैं, जो हमें करना होगा। मगर जहां प्रेम होता है, वहां हमेशा त्याग होता है और जब तक प्रेम का दर्द होता है, वहां खुशी और शान्ति होती है।

ग

ग़लती

मैं नहीं जानती भगवान क्या कर रहा है। वह जानता है। हम समझते नहीं हैं, मगर एक बात का मुझे पूरा विश्वास है, वह कभी ग़लती नहीं कर सकता।

ग़रीब

जिस व्यक्ति का कोई चाहने वाला न हो, कोई ख़्याल रखने वाला न हो, जिसे कोई प्यार न करता हो, वह सबसे ग़रीब है।

हमें ग़रीब से मिलाओ। हमें उन्हें उनके बारे में बताना है, जिन्हें उनसे प्रेम है।

जब कोई ग़रीब इंसान भूख से मर जाता है, यह इसलिए नहीं होता क्योंकि भगवान ने उसकी देखभाल नहीं की, वह इसलिए होता है क्योंकि मेरी या आपकी उसे ज़रूरत थी।

यह ग़रीबी है, जो अजन्मे बच्चे को मार देती है। इसलिए यदि आप

चाहें, तो उसे जीवन दे सकते हैं। किसी को जीवन देना ईश्वर के कार्य में हाथ बंटाना है।

ग़रीबों को हमारी हमदर्दी और दया की आवश्यकता नहीं होती। उन्हें हमारे प्रेम और देखभाल की आवश्यकता होती है। वे हमें उससे कहीं अधिक दे सकते हैं, जितना हम उन्हें देते हैं।

ग़रीबी

अकेलापन और अवांछित रहने की भावना सबसे भयानक ग़रीबी है।

गर्भपात

शान्ति का सबसे बड़ा विध्वंसक गर्भपात है, क्योंकि यदि एक मां अपने बच्चे को मार सकती है, तो मेरे और तुम्हारे मरने में क्या रह जाता है? उनके बीच कुछ नहीं।

हम गर्भपात के विरुद्ध लड़ रहे हैं।

गर्भपात विश्व के सामने बड़ी चुनौती है।

गर्भपात विश्व का सबसे बड़ा शैतान है।

उस बच्चे का जीवन, जो अभी जन्म लेने वाला है या किसी ग़रीब का जीवन, जिससे हम कोलकाता या रोम या किसी भी देश की सड़कों पर मिलते हैं, ठीक उन लोगों के समान होता है, जो इस पृथ्वी पर हैं और सभी प्रकार के आरामों का भोग कर रहे हैं। किसी भी व्यक्ति

का जीवन ईश्वर द्वारा उसे उपहार में दिया जाता है। इसलिए हमें उसका जीवन छीनने का कोई अधिकार नहीं है।

आज हम लोग गर्भपात का विरोध और उसका मुक़ाबला बच्चों को गोद लेकर कर रहे हैं। हम लोगों ने हज़ारों प्राणों की रक्षा की है। हमने विश्व के सभी अस्पतालों और पुलिस स्टेशनों को यह संदेश भेजा कि कृपया बच्चों को नुक़सान न पहुंचाएं, हम बच्चों को ले लेंगे। इसलिए प्रत्येक घण्टे, चाहे तब दिन हो या रात, कोई-न-कोई अवश्य निर्बलों की पुकार सुनने को तैयार बैठा रहता है।

ग्राम

मानव ने शहरों का निर्माण किया है, किन्तु ग्राम सृष्टिकर्ता की कृति है।

ग्राम आज भी सीधे-सादे ईश्वर पुत्रों का बगीचा हैं।

ग्राम भारत की शोभा है।

ज्ञ

ज्ञान

ईश्वर का भय ही ज्ञान की उत्पत्ति का कारण है।

अतीव ज्ञान दुःख का मूल है, जो अतीव ज्ञान को बढ़ाता है, वह अपने दुःखों को भी बढ़ाता है।

घ

घमंड

घमंडी व्यक्ति किसी भी समाज में सम्मान नहीं पाता।

घमंड का अन्त सदा नाश होता है और अहंकारी आत्मा सदैव पतित होती है।

घमंडी अपने दंभ के कारण ही नाश को प्राप्त होता है।

घटनाएं

कभी-कभी घटनाएं अचानक घट जाती हैं और कभी-कभी उनके घटने के लिए परिस्थितियां भी उत्पन्न की जाती हैं।

ऐसी अनेक घटनाएं हैं जो हम नहीं चाहते कि हों, लेकिन वे घटित होती हैं, ऐसी चीजें हैं, जो हम नहीं जानना चाहते, लेकिन वह सीखनी पड़ती हैं, तथा ऐसे लोग होते हैं जिनके बिना हम ज़िन्दा नहीं रहना चाहते, लेकिन वह हम से बिछुड़ जाते हैं, यह प्रकृति का स्वभाव है।

घनिष्टता

अधिक घनिष्टता ही घृणा को जन्म देती है। इसलिए अति किसी भी चीज की अच्छी नहीं।

घनिष्टता अति का ही रूप है और अति किसी भी चीज़ की अच्छी भला कौन कह सकता है।

घृणा

घृणा मनुष्य का अक्षम्य पाप है।

घृणा से कुछ भी हासिल नहीं किया जा सकता।

जो भी मानव से घृणा करता है, वह अपराधी है।

घर

प्यार करीबी लोगों की देखभाल लेने के द्वारा शुरू होता है : जो आपके घर पर हैं।

च

चरित्र

तुम जैसे कर्म करोगे, तुम्हारा चरित्र भी वैसा ही बन जाएगा। इसलिए अपने चरित्र को अच्छा बनाओ।

समाज की महती आशा का केन्द्रबिन्दु आपका अपना चरित्र ही है।

चावल

एक मुट्ठी चावल देना आसान है, किन्तु अकेलापन दूर करना आसान नहीं।

चाहत

दरिद्र व्यक्ति कुछ वस्तुएं चाहता है, विलासी बहुत-सी और लालची सभी वस्तुएं चाहता है।

चिंता

चिंता व्यक्ति को जीवित ही कब्रस्तान में पहुंचाने की अतुलनीय शक्ति रखती है।

कभी संख्या के बारे में चिंता मत करो। एक समय में एक व्यक्ति की मदद करो, और हमेशा अपने करीबी व्यक्ति से आरम्भ करो।

चिंता करने से कुछ हासिल नहीं होता। हां, नुक़सान बहुत कुछ हो जाता है।

चिंतित

मैं चाहती हूं की आप अपने पड़ोसी के बारे में चिंतित रहें, क्योंकि आप जानते हैं कि आपका पड़ोसी कौन है?

छ

छवि

परमेश्वर ने क्यों हममें से कुछ लोगों को महिला और पुरुष बनाया? क्योंकि एक औरत का प्रेम, ईश्वर के प्रेम की एक छवि है और एक आदमी का प्रेम, भगवान के प्रेम की दूसरी छवि है।

छोटी चीज़

छोटी चीज़ों में वफादार रहिये, क्योंकि इन्हीं में आपकी शक्ति निहित है।

ज

जड़

साधना ईश्वर के साथ एकता की जड़ है।

जन-गण

जन-गण तभी सुखी होगा, जब हम सब मिलकर समाज की विसमताओं को दूर करेंगे।

ज़रूरत

क्या लोग भगवान के लिए भूखे हैं? क्या तुमने यह देखा? अक्सर हम देखते हैं, मगर दिखते नहीं। हम सभी इस दुनिया के माध्यम से गुज़र रहे हैं। हमें अपनी आंखें खोलकर देखने की ज़रूरत है।

ऐसे बहुत से लोग तुम्हारे बीच में हैं जो दुःखी हैं, क्योंकि उन्हें ना कोई प्रेम करने वाला और न ही कोई अपना कहने वाला है। यही वास्तविक ग़रीबी है। हमें उन लोगों की ज़रूरत है, जो इन लोगों को अपनाएं।

जीवन

मानव का जीवन अनमोल है और यह हमें दूसरों की सेवा करने के लिए मिला है।

मानव को अपना जीवन व्यर्थ नहीं गंवाना चाहिए।

जीवन निर्वाह के लिए कमाने में इतने व्यस्त न हो जाएं कि जीवन जीना भूल जाएं।

तुम्हारे जीवन में, मेरे जीवन में और हम सभी के जीवन में, भगवान ने हमें बड़े कामों के लिए बनाया है। उसने हमें बताया है प्यार करने, देने के लिए, ताकि हम अपने स्वर्गिक घर की ओर चलें। जैसेकि हमें दुनिया में

यीशु ने दिया, हमें वही अपने पिता के घर में वापस देने के लिए तैयार रहना होगा, जब हमें उस घर में बुलाए जाने की सूचना आएगी।

जीवन निर्वाह

जीवन निर्वाह के लिए कमाने में व्यस्त भले ही रहें, लेकिन अच्छे कार्यों के लिए भी समय निकालें।

जीसस

जब भी मैं किसी परेशान व्यक्ति को मुस्कराते हुए देखती हूं, तो मुझे लगता है कि जीसस मुस्करा रहा है।

जीसस बूढ़ा है, उसकी सेवा करो। वृद्धों की सेवा से बढ़कर कोई महान कार्य नहीं।

जो कारागार में पड़े हैं, उन्हें सुधारने का प्रयास करो, क्योंकि जीसस क़ैदी है, उसे देखने जाओ।

दूसरों को मन से प्रसन्न करने का प्रयास करो, क्योंकि जीसस मनोरोगी है, उसकी रक्षा करो।

जिनके सिर पर छत नहीं, उनके प्रति दयालुता रखो, क्योंकि जीसस गृहहीन है, उसे रहने के लिए घर दो।

अभावहीन को ईश्वर ही जानो। जीसस नंगा है, उसे वस्त्र दो।

अपने मुख से हमेशा अच्छा ही बोलो, क्योंकि जीसस एक शब्द है, जो बोला जाता है।

हमेशा सत्य का आचरण करो, क्योंकि जीसस सत्य है, जो कहा जाता है।

भूले-भटकों को रास्ता दिखाओ, क्योंकि जीसस एक रास्ता है, जो प्रकाशित है।

लोगों के दुख-दर्द हरकर उन्हें नया जीवन दो, क्योंकि जीसस एक जीवन है, जो जिया जाता है।

जो अंधेरे में हैं, उन्होंने प्रकाश दिखाओ, क्योंकि जीसस एक प्रकाश है, जो भटकों को राह दिखाता है।

अच्छे पथ का अनुसरण करो, क्योंकि जीसस एक मार्ग है, जिस पर चला जाता है।

शत्रु से भी हमेशा प्रेम ही करो। जीसस प्रेम है, जो सभी को प्रिय है।

हमेशा प्रसन्न रहना सीखो। जीसस प्रसन्नता है, जीसस ख़ुशी है, जिसे बांटा जाता है।

आपका चेहरा खिला हुआ होना चाहिए। जीसस मुस्कान है, जो दूसरों को ख़ुशी देता है।

त्याग और बलिदान की भावना विकसित करो, क्योंकि जीसस त्याग है, जो सदैव तैयार रहता है।

विश्व को शान्ति प्रदान करो, क्योंकि जीसस शान्ति है, जिसे प्रदान किया जाता है।

पीड़ितों में नव जीवन का संचार करो, क्योंकि जीसस जीवन की श्वास है, जो जीवन ज्योति के लिए ली जाती है।

जीसस भूख है, जो अन्न मांगता है। इसलिए भूखों को हमेशा अनदान करो।

जीसस भूखा है, उसे भोजन दो। कभी भी भूखे को खाली हाथ मत लौटाओ।

जीसस एक प्यास है, जो प्यास बुझाता है।

जीसस बीमार है, उसकी देखभाल करो। पीड़ितों की सेवा करो।

जो दीन-दुखी और अकेला है, उसका दुख-दर्द जानो, क्योंकि जीसस अकेला है, उसे प्रेम करो।

जीसस कुष्ठ रोगी है, उसे हमदर्दी देते हुए उसके घावों को साफ़ करो।

जीसस वंचित है, उसे प्रेम करो।

जीसस भिखारी है, उसे मुस्कराहट दो।

जीसस क्रॉस पर है, हमारे पाप से पीड़ित है। इसलिए जीवन में पाप करने से बचना चाहिए।

जीसस शराबी है, उसकी सुनो और समझो। लेकिन उसे अच्छे कार्यों का ही नशा होता है।

जीसस छोटा बच्चा है, उसका विकास करो।

जीसस गूंगा है, उसके लिए बोलो।

जीसस अन्धा है, उसे रास्ता दिखाओ।

जीसस लंगड़ा है, उसके साथ चलो। लूले-लंगड़ों को उनके लिए उपयोगी कृत्रिम अंग प्रदान करो।

जीसस नशेड़ी है, उसके साथ मित्रता का व्यवहार करो।

जीसस वेश्या है, उसे ख़तरे से बाहर करो और उसे सम्मान दो।

जीसस मेरा भगवान है। मैं हमेशा अपने को उसके ही पास महसूस करती हूं, तुम भी ऐसा ही महसूस करो।

जीसस मेरा जीवन-साथी है।

जीसस मेरा जीवन है। मैं उसके बिना जीवन की कल्पना भी नहीं कर सकती।

जीसस मेरा एकमात्र प्रेम है। वही प्रेम पाने का अधिकारी है।

जीसस मेरा सब कुछ है। तुम्हारा भी सबकुछ ही होना चाहिए।

जीसस, मैं तुम्हें अपने हृदय से प्रेम करती हूं।

मैंने तुम्हें अपना सब कुछ दे दिया, यहां तक की अपना पाप भी और तुमने मुझे प्रेम प्रदान किया है।

मैं अभी और जीवन-भर के लिए तुम्हें अपना जीवन-साथी मानती हूं।

घायल, पीड़ित, अपंग, मनोरोगी, अप्रिय सभी में जीसस मौजूद रहता है।

जोर

हमें अधिक से अधिक प्रेम बढ़ाने, दया करने और शान्ति पर जोर देना चाहिए।

झ

झक

बिना मतलब झक मारने की बजाय लोगों की मदद करके चिंतन करो।

झूठ

झूठ केवल सत्य से असामंजस्य ही नहीं है, अपितु आपस में भी विरोधाभासी होता है।

एक झूठ बोलना हज़ार झूठों की श्रृंखला शुरू करना है।

त

तलवार

किसी भी तलवार का आघात उतना तीव्र नहीं होता जितना कटु वचन का।

तलवार से अधिक तेज़ कलम होती है। कलम के बल पर भी तुम अच्छे विचार लिखकर समाज की सेवा क़र सकते हो।

तलाक

मैं कभी भी इस बात के लिए पति-पत्नी से नहीं कहूंगी कि वे एक-दूसरे को तलाक़ देकर अपने सम्बन्ध तोड़ लें। मैंने हमेशा कहा है कि पति और पत्नी को एक परिवार के रूप में समस्याओं का सामना करना पड़ता है।

त्रुटियां

पुरुषों की त्रुटियों में उनकी स्वार्थपरता निहित रहती है, नारियों की त्रुटियों के मूल में उनकी मात्र भूल।

त्रुटियां करना मानवीय स्वभाव है।

आदमी त्रुटियों से ही सीखकर जीवन में आगे बढ़ता है।

तुलना

जीवन में बुरी आदत पर विजय प्राप्त करने की तुलना में कोई इससे बड़ा आनन्द नहीं हो सकता है।

द

दर्द

भूख का दर्द क्या है! एक दिन यह मैंने एक छोटे बच्चे से सीखा। मुझे रास्ते में एक बच्चा मिल गया और मैंने उसके चेहरे पर एक भयानक भूख देखी। बिना कोई प्रश्न किए मैंने उसे रोटी का एक टुकड़ा दिया। जब मैंने बच्चे से कहा, “रोटी खाओ!” तब उस छोटे बच्चे ने मेरी ओर देखा और

कहा, "मुझे डर है, क्योंकि जब यह रोटी खत्म हो जाएगी, तब मैं दुबारा भूखा रह जाऊंगा।"

दया

गरीब को हमारी सहानुभूति और दया की आवश्यकता नहीं है। गरीब को हमारे प्रेम और सहायता की ज़रूरत है।

दान

दान देने से धन घटता नहीं, वरन गौरव और यश भी बढ़ा देता है।

तीन सद्‌गुण हैं—आशा, विश्वास और दान। दान इसमें सबसे बढ़कर है इसलिए दीन-दुखियों की सेवा के लिए दान अवश्य करना चाहिए।

इस जन्म में दान देना, परमात्मा के स्वर्ग में स्थान सुरक्षित कर लेना है।

दार्शनिक

एक शताब्दी दर्शन ही दूसरी शताब्दी का सामान्य ज्ञान है, जो कोई दार्शनिक सुलभता से ग्रहण कर लेता है।

दीन-दुखियों की सेवा करने वाला ही सबसे बड़ा दार्शनिक है, क्योंकि वह असह्यों में ईश्वर के दर्शन करता है।

दिमाग़

दिमाग़ जब बड़े-बड़े विचार सोचने के अनुरूप बड़ा हो जाता है, तो पुनः अपने मूल आकार में नहीं लौटता।

दुःख

जिस आदमी ने कभी दुःख नहीं देखा, वह सबसे बड़ा दुखियारा है।

आज दुःख है तो जीवन में कल सुख भी होगा।

दुःख-सुख की शृंखला से ही जीवन में रोचकता आती है।

दूसरों के दुःखों को दूर करना सबसे महान कार्य है।

यीशु का दुःख उसी के अन्दर छुपा हुआ है जो कि दुःखी है, नग्न है, बेघर है और मृत्यु के करीब है।

खुद को अकेला महसूस करना सबसे बड़ा दुःख है। इसलिए हमेशा अपने पास प्रभु को महसूस करो।

दुनिया में जितने भी दुःख है : शारीरिक, भौतिक, मानसिक। ये सब प्रेम से दूर हो सकते हैं।

आज हम देखते हैं कि अधिक से अधिक दुःख इस दुनिया में हैं, वह सभी घर से ही शुरू होते हैं। आज हमारे पास एक-दूसरे से मिलने का समय नहीं है, बात करने का समय नहीं है, एक-दूसरे के साथ मनोरंजन का समय नहीं है और यह भी समय नहीं कि हमारे बच्चे हमसे क्या चाहते हैं। एक पति अपनी पत्नी से क्या चाहता है, एक पत्नी अपने पति से क्या

चाहती है और इसलिए हम अधिक अपने घरों में रहें और कम से कम बाहर सम्पर्क में रहें।

दुर्भाग्य

दुर्भाग्य सदैव उसी द्वार से आते हैं, जिन द्वारा पर जाकर हम स्वयं उन्हें निमंत्रण देते हैं।

दूसरों के दुर्भाग्य सहने के लिए भी हम सबमें हर समय पर्याप्त सहनशीलता है।

मनुष्य अपने परमार्थ से दुर्भाग्य को भी सौभाग्य में बदल सकता है।

दुर्भाग्य पुनर्जन्म का फल नहीं, इसी जीवन के आलस्य का प्रताप है।

दोष

जब कभी मुझे दोष देखने की इच्छा होती है, तो मैं अपने अवगुणों पर विचार करती हूं।

दूसरों के दोष देखने की बजाय अपने दोष देखोगे तो जल्द ही खरा सोना बन जाओगे।

ध

धर्म

धर्म सद्गुणों को धारण करने को कहते हैं।

धर्म ईश्वर और मनुष्य के प्रति प्रेम करना सिखाता है। तुम भी हमेशा प्रेम करो।

जो धर्म की राह नहीं चलता, वह अन्ततः नरक में जाता है।

भारत में बहुत सारे धर्म हैं और सबका ईश्वर को मानने का अपना-अपना तरीका है, परन्तु मानवता सबसे बड़ा धर्म है।

धैर्यवान

धैर्यवान व्यक्ति ही समय पर विजय पाता है और असंयमी व्यक्ति अपने स्वभाव के कारण सब कुछ खो देता है।

धैर्य

हे भगवान! मुझे धैर्य दो, और ये काम अभी करो।

जल्दबाज़ी ठीक नहीं, हमेशा धैर्य से काम लो।

जिसने धैर्य रखना सीख लिया है, उसने मानो सारी दुनिया ही जीत ली।

धोखा

व्यक्ति जितना स्वयं के द्वारा छला जाता है, दूसरों के द्वारा इतना कभी नहीं। वह अपने से ही अधिक धोखा खाता है।

किसी को धोखा देना अपने आपको ही धोखा देना है।

न

न्याय

यदि तुम लोगों का न्याय करोगे तब तुम्हारे पास उनसे प्रेम करने का समय नहीं होगा।

नंगा

नंगा होना केवल एक कपड़े के टुकड़े के लिए नहीं है, बल्कि यह मानव के गौरव और प्रतिष्ठा की कमी है। इसके साथ ही एक-दूसरे के प्रेम और आदर में कमी है।

नम्रता

नम्रता सर्वोत्तम गुण है, जिसमें नम्रता है वह हमेशा दृढ़ता से बना रहता है।

नम्रता में यीशु का अनुकरण करो, क्योंकि उनसे बढ़कर नम्र आज तक कोई नहीं हुआ।

नारी

इस धरती पर यदि कोई पूजा योग्य है, तो वह नारी ही है।

नारी नहीं होती तो यह सृष्टि चन्द्रमा के समान वीरान होती और हम भी कहीं नहीं होते, इसलिए तुम्हें नारी को देवी मानकर उसकी हमेशा इज्जत करनी चाहिए।

नारी का अपमान करना ईश्वर का अपमान करना है। इसलिए नारी का

हमेशा सम्मान करो, क्योंकि जहां नारी का सम्मान होता है, वहां प्रभु का वास होता है।

पुरुष से नारी अधिक बुद्धिमती होती है, क्योंकि वह जानती कम है पर समझती अधिक है।

नास्तिक

जो ईश्वर को नहीं मानता नास्तिक वह नहीं, वरन नास्तिक वह है, जो दीन-दुखियों की सेवा नहीं करता।

निडरता

निडरता से डर को भी डर लगता है।

निर्धनता

निर्धनता सबसे बड़ा अभिशाप है।

सम्पदा अनेक मित्र बना लेती है, किन्तु निर्धन अपने पड़ोसी से भी वियुक्त हो जाता है।

वे पूजनीय हैं, जो निर्धनों का भी ध्यान रखते हैं और उनकी मदद करते हैं।

निरादर

जब आदमी किसी भूखे, प्यासे, बीमार या असहाय व्यक्ति को देखकर भी उसकी मदद करने से कतराता है, तो दरअसल उस पल वह प्रभु ईसा मसीह की पुकार का निरादर कर रहा होता है।

निर्णय

काम करने में ज्यादा श्रम नहीं लगता, लेकिन यह निर्णय करने में ज्यादा श्रम करना पड़ता है कि क्या करना चाहिए।

निरर्थक

यदि हमने प्रेम से जुड़ा हुआ कोई भी कार्य नहीं किया है, तो हमारा वह कार्य ईश्वर की दृष्टि में निरर्थक है।

निराशा

निराशा मूर्खता का परिणाम है, क्योंकि निराश होने से कुछ भी हासिल नहीं होता।

निराशा का आत्मा पर वही प्रभाव होता है, जो बाढ़ के समय बेघर लोगों पर।

नीति

समाज सेवा करना सबसे अच्छी नीति है।

जो अपनी नीतियों पर दृढ़ रहता है, वह अपने कार्य में अवश्य सफल होता है।

नेता

सच्चा नेता वही है, जो दूसरों के दुःख-दर्द को जानता हुआ उन्हें दूर करने का प्रयास करता है।

इस राष्ट्र को ऐसे नेताओं की आवश्यकता है जो जानते हैं कि इस देश

की क्या आवश्यकताएं हैं। वही देश का अच्छा नेतृत्व कर सकते हैं और तुम्हारा भला भी।

यदि नेता परोपकारी है, तो वह इस दुनिया में ईश्वर का प्रतिनिधि होता है।

किसी भी व्यक्ति के मस्तक पर नेतृत्व की पट्टिका चिपकने से वह नेता नहीं बन पाता। नेता के लिए विशेष स्वभाव चाहिए, विशेष गुण चाहिए।

नैतिकता

नैतिकता एक बहुमूल्य व्यसन है।

जो नैतिकता की बात तो करता है, लेकिन नैतिक शिक्षाएं स्वयं के जीवन में धारण नहीं करता वह इंसान नहीं शैतान होता है।

प

प्यार

जहाँ जाइये प्यार फैलाइए। जो भी आपके पास आये वह और खुश होकर लौटे।

प्यार ईश्वर का प्रसाद है, प्यार फैलाकर नफरत दूर करो ताकि सारी सृष्टि एक मन्दि बन जाए।

यदि हम प्रार्थना करें, तो हमें विश्वास करना चाहिए। यदि हम विश्वास

करते हैं, तो हम प्रेम करेंगे। यदि हम किसी से प्रेम करते हैं, तो हम सेवा करेंगे।

हम कितना करते हैं, महत्वपूर्ण यह नहीं है। महत्वपूर्ण यह है कि जितना हम करते हैं, उसमें कितना प्यार बरतते हैं।

प्यार हर मौसम में उगने वाला है। वह हर हाथ की पहुंच के भीतर है।

परिश्रम

चींटी से परिश्रम करना सीखें। परिश्रम तपस्या है और इसका वरदान हमेशा सुखदायी होता है।

पवित्र

प्रार्थना हमें पवित्र हृदय देती है और एक पवित्र हृदय काफी कुछ कर सकता है।

पवित्र आत्मा

हे पवित्र आत्मा, मेरी सांस में, ताकि मेरे सभी विचार पवित्र हो सकें। मेरे कार्य में, हे पवित्र आत्मा, ताकि मेरा कार्य भी पवित्र हो सके। मेरे हृदय में, हे पवित्र आत्मा, ताकि मैं भी पवित्रता से प्रेम करूं। शक्ति में, हे पवित्र आत्मा, ताकि मैं अपने बचाव के लिए मजबूत बनूं। तब, हे पवित्र आत्मा, तभी मैं हमेशा के लिए पवित्र हो सकूंगी।

परिस्थिति

हमेशा समग्र प्रयास करें, तब भी जब परिस्थितियां आपके अनुकूल न हों।

परिवर्तन

पृथ्वी परिवर्तनशील है, किन्तु आत्मा और परमात्मा अचल-अविचल हैं। इसलिए ऐसे काम करो, जिससे आत्मा का परमात्मा से मिलन हो जाए।

प्रकृति परिवर्तनशील है, फिर समाज सेवा क्यों नहीं करते, क्योंकि अच्छे कार्यों का फल ही कभी नहीं बदलता और परलोक में वही अच्छा कर्म काम आता है।

मनुष्य परिस्थितियों का दास नहीं, अपितु परिस्थितियां मनुष्य की दासी होनी चाहिए, इसलिए कोई भी कार्य ऐसा नहीं जो तुम न कर सको।

परिस्थितियां जीवन को बदल देती हैं और जीवन भी परिस्थितियों को बदलने की योग्यता रखता है।

पड़ोसी

मैं चाहती हूं कि आप अपने पड़ोसी के बारे में चिंतित हों। क्या आप जानते हैं कि आपका पड़ोसी कैसा है?

परिवार नियोजन

परिवारों ने आपसी समझ के अनुसार परिवार नियोजन को अपनाया है। जनसंख्या बढ़ने से लोगों की मुश्किलें बढ़ती हैं, लेकिन ईश्वर कभी संतति कम होने की बात नहीं करता।

परिवार और कलंक

अपने पापों पर पर्दा डालना अपने उत्थान पर पर्दा डालना है। इससे परिवार कलंकित होता है।

प्रतिभा

आपकी सेवाभाव की प्रतिभा भगवान का आपको दिया हुआ उपहार है, आप जो कुछ इसके साथ करते हैं, वह आप भगवान को उपहार स्वरूप लौटाते हैं।

प्रभु

हे प्रभु, मुझे अपनी शान्ति का औजार बनाओ, जहां नफरत है, मुझे वहां प्रेम बोना है, वहां जहां चोट है, क्षमा है, वहां जहां, शक है, भरोसा है, वहां जहां उदासी है, खुशी है, हे प्रभु, मैं ज़्यादा दुःखी नहीं, ना ही दुःख को दुस्ताप हूं, समझो, समझने की कोशिश करो। प्यार के रूप में प्यार हो। क्योंकि वह दे रहा है जो हम प्राप्त करते हैं। क्षमा में हम क्षमा कर रहे हैं।

प्रतिध्वनि

प्रतिध्वनि से किसी मौलिकता की आशा मत करो।

प्रकृति, समय और धैर्य

प्रकृति, समय और धैर्य ये तीन हर दुःख की दवा हैं।

प्रसिद्ध

प्रसिद्ध होने का यह एक दंड है कि मनुष्य को निरंतर उन्नतिशील बने रहना पड़ता है।

प्रसन्न

प्रसन्नता केवल उन्हीं लोगों को प्राप्त होती है, जो दूसरों को प्रसन्न करने में प्रयासरत रहते हैं।

प्रसन्नता ईश्वर का सबसे बड़ा वरदान है।

जो प्रसन्नता तुम्हें कल दंशित करने वाली हो उसे तुम आज ही क्यों नहीं ठुकरा देते।

एक प्रसन्न चेहरा हज़ार रोगियों को ठीक करने की सामर्थ्य रखता है।

प्रशंसा

अपनी प्रशंसा खुद मत करो, क्योंकि ऐसा करना आपके अपने पतन का कारण बन सकता है।

प्रशंसा निरर्थक शब्दों की प्रतिध्वनि कहें तो कुछ ग़लत नहीं।

परोपकारी की हमेशा प्रशंसा होनी ही चाहिए, लेकिन यदि उसमें अहम है तो फिर वह प्रशंसा के योग्य नहीं है।

प्रजातंत्र

हम प्रजातंत्र में रहकर पीड़ित प्रजा की सेवा से क्यों दूर रहते हैं, यह मेरी समझ से परे की बात है।

प्रजातंत्र में यदि भ्रष्टाचार नहीं तो वह ईश्वर के शासन के ही समान है।

पाप का पारिश्रमिक है मृत्यु और मृत्यु कभी तिथि और समय निर्धारित करके नहीं आती, इसलिए पापों से अभी तौबा कर लो।

परमेश्वर के राज्य में पाप करके क्यों मृत्यु को गले लगाना चाहते हो।

प्रार्थना

हम लोग या हमारी सिस्टर्स के सभी कार्य केवल हमारी प्रार्थना के परिणाम हैं। हमारी एकता तो जीसस में है। हम सभी जो कुछ करते हैं, उस जीसस के लिए करते हैं। इस एकता को धन्यवाद कि हम कुष्ठ रोगियों, बीमारों, सड़कों पर लावारिस पड़े बच्चों और अन्य सभी प्रकार के पीड़ितों की सेवा और सहायता कर सके। जब हम सभी शाम को अपने कार्यों को रोकते हैं, तो लगभग आधा घण्टा प्रार्थना में लगाते हैं। ईश्वर से प्रार्थना करते हैं। 'मिशनरी ऑफ चैरिटी' का यही सबसे बड़ा धन है और हम सब को आपस में जोड़ते हुए दूसरों की सेवा करने के लिए प्रेरणा देने का कार्य करता है।

यह बहुत अच्छा होगा कि हम प्रार्थना की शुरुआत वहां से करें, जो वास्तव में ईसा मसीह हमसे करवाना चाहते हैं। सन्त फ्रांसिस भी ईसा के जीवन और उनके शब्दों को बहुत अच्छी तरह से समझते थे। उन्होंने अपनी प्रार्थना में इसे बहुत अच्छी तरह से कहा था।

हमें ईश्वर को इस बात के लिए धन्यवाद देना चाहिए कि उन्होंने हमें यहां आने और एक साथ प्रार्थना करने का अवसर दिया। हम लोग यहां मुख्य रूप से प्रेम, ख़ुशी और शान्ति के लिए प्रार्थना करने आए हैं। हमें अपनी प्रार्थना के माध्यम से यह सोचना चाहिए कि प्रभु ईसा मसीह ग़रीबों और ज़रूरतमन्दों के लिए अच्छे समाचार लेकर आएंगे। हम सभी को मानव मात्र से प्रेम करना चाहिए।

यदि तुम अच्छी प्रार्थना करना चाहते हो, तुम्हें अभी प्रार्थना करनी चाहिए। अच्छी प्रार्थना के लिए अधिक शब्दों की आवश्यकता नहीं है।

हमें उनके लिए प्रार्थना करनी चाहिए जो भाई और बहनें इस दुनिया की प्रार्थना को समझ सकें।

यदि हम प्रार्थना करते हैं, तो हमारा हृदय निर्मल हो जाता है और हम ईश्वर के प्रेम को प्राप्त कर पाते हैं। प्रेम हमेशा लोगों को मिलाने का कार्य करता है। जिस प्रकार ईश्वर हम सभी को प्रेम करता है, उसी प्रकार हमें भी आपस में एक-दूसरे से प्रेम करना चाहिए। प्रेम परिवार से ही आरम्भ होता है, शान्ति भी परिवार से ही जन्म लेती है।

पुस्तक

किताबें ऐसी शिक्षक हैं जो बिना कष्ट दिए, बिना आलोचना किए और बिना परीक्षा लिए हमें शिक्षा देती हैं।

बिना पुस्तक के ईश्वर मौन है, न्याय निद्रित है, विज्ञान स्तब्ध है और सभी वस्तुएं पूर्ण अंधकार में हैं।

पुस्तकों का संकलन आज के युग का वास्तविक विद्यालय है।

जो पुस्तकों से प्रेम नहीं करता, वह ईश्वर से भी प्रेम नहीं कर सकता।

एक अच्छी पुस्तक सौ हितचिंतक मित्रों के समान है।

पुत्री

एक कर्तव्यविमुख पुत्री एक असफल पत्नी के सिवाय और कुछ नहीं बन सकती।

लोग पुत्रियों की हत्या भ्रूण अवस्था में करके नरक के द्वार अपने लिए स्वयं ही खोल रहे हैं।

कन्याभ्रूण हत्या ईश्वर की हत्या करना है। जीसस को कॉस पर पुनः चढ़ाना है।

पुरस्कार और पाप

गर्भपात में हत्या करना सबसे बड़ा पाप है। एक बच्चा ईश्वर का पुरस्कार है। यदि तुम उसे नहीं चाहते तो मुझे दे देना।

एक बच्चा परिवार और देश के लिए परमेश्वर का एक सुन्दर पुरस्कार है, इस पुरस्कार के लिए ईश्वर से इनकार मत करो।

प्रेम

हम बड़ा तो कुछ भी नहीं कर सकते, केवल छोटी चीज़ों को बड़े प्रेम से कर सकते हैं।

यदि हम वास्तव में प्रेम करना चाहें, तो यह सीख जाएंगे कि माफ़ कैसे किया जाए?

यदि तुम शब्दों के साथ प्रार्थना करते हो, तो उसे तुम अपने हृदय की गहराइयों के प्रेम से भर दो। एक शब्द के बाद कुछ देर रुको और फिर इस पर विचार करो। इसे अपने हृदय के अन्दर तक जाने दो।

प्रेम को जारी रखने के लिए क्या आवश्यक है? एक लैम्प कैसे जल सकता

है, अगर वह लगातार तेल की बूंदे न ले। प्रेम को जारी रखने के लिए जीसस तेल की तरह है। जीसस को दूर मत देखो। वह वहां नहीं है। वह तुममें है। अपने जीवन के लैम्प पर ध्यान दो। तुम उन्हें देख पाओगे।

एक बार ईसा मसीह ने अपनी दाईं ओर के लोगों के लिए कहा था कि जो लोग उनके दाएं हाथ की तरफ़ हैं, वे राजपद में सम्मिलित होंगे। अगर मैं भूखा रहूं, तो आप मुझे भोजन दें। मैं प्यासा रहूं, तो आप मुझे जल पिलाएं। मैं बीमार रहूं, तो आप मुझे देखने आएं, मेरी देखभाल करें। इसके बाद ईसा मसीह अपनी बाईं ओर घूमते हैं और कहते हैं कि मुझसे दूर हो जाओ, क्योंकि जब मैं भूखा था, तो तुमने मुझे खाना नहीं खिलाया, जब मैं प्यासा था, तो तुमने मुझे पानी नहीं दिया, जब मैं बीमार था, तो तुमने मुझे प्रेम नहीं किया, मेरी देखभाल नहीं की।

जब भी आप थोड़ा-सा भी अपनी सांसों के लिए कुछ करते हो, तो यह आप मेरे लिए करते हो। मैं भूखा था, मैं बीमार था, मैं नंगा था। वंचित (दबे-पिसे) और ग़रीब लोगों की जो सेवा आप करते हो, तो वह स्वयं जीसस के लिए ही करते हो। ईश्वर हमारे प्रेम के भूखे हैं। वह हमें प्यार भी करते हैं। जब हम अपने को स्वंतत्र करेंगे और स्वयं को ईश्वर के प्रति पूरी तरह से समर्पित करेंगे, तो वह हमारा उपयोग विश्व के संसाधनों के रूप में करेंगे, तब हमारा प्रेम दूसरों के लिए होगा। इसे केवल हम अपनी लगातार प्रार्थना के कारण ही सम्भव बना सकते हैं।

एक बार में एक व्यक्ति की सेवा और उसे प्रेम करो। ईश्वर ऐसा नहीं चाहते कि हम बहुत से लोगों को एक साथ प्रेम करें। यह तो असम्भव है। वह चाहते हैं कि हम प्रत्येक उस व्यक्ति से प्रेम करें, जिससे प्रतिदिन मिलते हैं। हमें सभी का स्वागत एक अच्छी मुस्कान से करना चाहिए।

एक ऐसी मुस्कान, जिसके जन्म का कारण आपका स्वच्छ और निर्मल हृदय हो।

प्रेम की शुरुआत घर से होती है। आप अपने परिवार, पड़ोसियों और प्रतिदिन मिलने वाले प्रत्येक व्यक्ति से प्रेम करना शुरू कर दो। अपने आस-पास रहने वाले ग़रीबों और ज़रूरतमंदों की मदद करने लगो। जो भी मिले, उसे अपनी मुस्कराहट दो। ईश्वर की सच्ची उपासना तो यही है। प्रार्थना के महत्व को स्वीकार करते हुए ईश्वर की आराधना करो। यह आपके लिए प्रेरणा का कार्य करेगी।

यह उचित इसलिए था, क्योंकि ईश्वर का मतलब यही होता है कि हम दीन-दुःखी लोगों की मदद करें।

यह प्रेम ही है, केवल प्रेम जो विश्व को चलाता है।

तुम वह हो, जिसे सबसे अधिक प्रेम प्राप्त हुआ, इसे दूसरों के साथ बांटो। इसी तरह दूसरों से प्रेम करो जैसे ईश्वर तुमसे करता है, कोमलता के साथ।

प्रेम एक वेदनापूर्ण प्रसन्नता के सिवाय और कुछ नहीं। लेकिन जिसने इस वेदना का अनुभव ले लिया, वह हमेशा इस लोक में स्वर्गलोक का ही अनुभव करता है।

भगवान का प्रेम सदैव अपने हृदय में रखो और जो लोग भी तुम्हें मिलें,

उनके साथ यह प्रेम बांटो, खासकर अपने परिवार के साथ। पवित्र बनो, चलो प्रार्थना करें।

दुनिया में इससे बड़ी दूसरी बीमारी कोई नहीं कि आज प्रेम की कमी है।

हर कोई महान कार्य नहीं कर सकते, इसलिए प्रेम करके महान बनों।

भगवान एक प्रसन्न दाता को प्रेम करता है। वह सर्वश्रेष्ठ है, जो मुस्कुराहट के साथ देता है।

भगवान ने हमें प्रेम से और प्रेम करने के लिए बनाया है और वह प्रार्थना की शुरुआत है, पता है वह मुझे प्रेम करता है, ताकि मुझे महान कार्यों के लिए प्रेरणा मिल सके।

मुझे कार्य में ही विश्वास है, और प्रेम में कार्य की सेवा है। प्यार के अधिनियमों को जीवन में प्रेम से लाना, जिससे हम खुदा के साथ माध्यम में रहें, हमारे यीशु के प्रेम के साथ।

कभी-कभी यह बहुत मुश्किल होता है कि हम उनके लिए मुस्कुराएं जो हमारे साथ रहते हैं, हमारे परिवार के सदस्य। यह मुस्कान उनके लिए है जो हमारे बहुत करीब नहीं हैं। हमें यह कभी नहीं भूलना चाहिए कि प्रेम घर से शुरू होता है।

उसके लिए मुस्कुराना जो कि दुखी है, उसके पास ठहरना कुछ देर के लिए, जो कि अकेला है, बारिश में किसी को अपने छाते के नीचे शरण देना, उसके लिए कुछ पढ़ना जो कि अन्धा है, ये और दूसरी सभी चीज़ें, मगर ये सभी बातें भगवान के प्रति हमारे प्रेम को अभिव्यक्त करती हैं।

हमें अपने बच्चों को घर में एक-दूसरे के प्रति प्रेम करना सिखाना चाहिए। ये बातें वे सिर्फ अपने माता-पिता से ही सीख सकते हैं, जब वे अपने माता-पिता को एक दूसरे से प्रेम करते हुए पाएं।

यह बहुत महत्वपूर्ण है कि बच्चे अपने माता-पिता से सीखें कि एक-दूसरे से प्रेम कैसे किया जाता है। विद्यालय में नहीं, अध्यापक के द्वारा नहीं, मगर आपके द्वारा। यह बहुत महत्वपूर्ण है कि अपनी मुस्कान उनके साथ शेयर करें। यदि किसी परिवार में गलतफहमी हो तो उसे दूर करें, क्योंकि यह बहुत परेशान करती है। हर किसी को हमेशा मुस्कान के साथ क्षमा करो, खुश रहो।

प्रेम की कोई सीमा नहीं है। ध्यान और प्रेम के द्वारा प्रत्येक व्यक्ति ईश्वर तक पहुंच सकता है।

हमें अच्छे कार्यों से प्रेम करना चाहिए। हमें अपना प्रेम व्यक्त करने से डरना नहीं चाहिए।

उनसे प्रेम करो जो दुखी हैं। यह यीशु के द्वारा हम प्रेम करते हैं। वह भी हमारे लिए मर गया है। अब हमारी बारी है एक-दूसरे से प्रेम करने की, जैसे यीशु करता था।

मैं उसे जब तक प्रेम करूंगी जब तक वे दुःखी हैं, तब वहां दुःख नहीं प्रेम होगा।

प्रेम चाहे वास्तविक हो, वह असाधारण हो या नहीं, हम प्रेम के बिना कुछ भी नहीं हैं।

प्रेम घर से शुरू होता है, और यह नहीं कि हम कितना करते हैं, मगर हम कार्य से कितना प्रेम करते हैं।

लोगों को दूर से प्रेम करना आसान है। लेकिन हमेशा उनके करीब रहकर उन्हें प्रेम करना आसान नहीं। लेकिन जो निकटता से प्रेम करता है, वह ईश्वर से ही प्रेम करता है।

प्रेमपूर्वक बातें

दीन-दुःखी लोगों से प्रेमपूर्वक बातें करो। तुम्हारे चेहरे पर, आंखों में, तुम्हारी मुस्कराहटों में अपनापन और दया-भाव होना चाहिए और तुम्हें उनसे उत्साह से मिलना चाहिए।

प्रेम और करुणा

चलो, हम प्रेम और करुणा के द्वारा दुनिया को जीतें। दुनिया में मसीह के सुसमाचार ले आओ। चलो यह सारी अच्छी ख़बर दुनिया को दें कि ईश्वर पूरी दुनिया से प्रेम करता है।

प्रेम का मन्दिर

हमारे घरों में बुजुर्ग हैं, जिन्हें आश्रमों में डाल दिया गया और वे कभी बाहर नहीं जाते, उन्हें एक-दूसरे के साथ मुस्कराने का बहुत कम समय

मिलता है, साथ रहने का बहुत कम समय मिलता है। प्रेम घर से आरम्भ होता है, यदि हम अपने घरों को प्रेम का मन्दिर बना सकें।

प्रेम का मतलब

प्रेम का मतलब पाना नहीं, सिर्फ देना होता है।

पैमाना

महत्वपूर्ण बात यह नहीं कि हम कितना प्राप्त करते हैं, महत्वपूर्ण यह है कि प्रतिदिन हम अपने कार्यों को कितने प्रेम से करते हैं। यही ईश्वर के लिए हमारे प्रेम का पैमाना है।

फ

फल

प्यार हर मौसम में होने वाला फल है, और हर व्यक्ति की पहुंच के अन्दर भी है।

प्रेम एक फल है, जो हर मौसम में, हर समय, हर एक हाथ की पहुंच में है। कोई भी इसे प्राप्त कर सकता है।

प्रेम का फल शान्ति, एकता और जोश है।

फूल

हथोड़ा कभी कभी अपना निशाना चूक भी जाता है, लेकिन फूलों का गुलदस्ता कभी नहीं।

फैसला

मृत्यु के समय, हमारे अच्छे कर्मों के आधार पर फैसला नहीं होगा; जो

हमने किए हैं और जो डिप्लोमा हमें प्राप्त हुए हैं। हमारा फैसला उस प्रेम के आधार पर किया जाएगा जो कि हमने अपने कार्य में किया होगा।

ब

ब्रह्मचारी

जो आत्मकल्याण के लिए ब्रह्मचर्य का पालन करता है और फिर संन्यासी बनकर अपने ही उत्थान में लगा रहता है उसका जीना बेकार है, यदि उसने दीन-दुखियों की सेवा न की हो तो।

बीमारी

जिसे प्रेम का एहसास नहीं है, वह एक लाइलाज बीमारी से ग्रस्त है।

बुद्धिमान

बुद्धिमान ही निर्मल यश के अधिकारी होंगे और लज्जा मूर्खों की प्रगति होगी।

महान पुरुष सदैव बुद्धिमान नहीं होते, वे भी बड़ी-बड़ी ग़लतियां कर देते हैं।

भ

भलाई

दूसरों की भलाई करना अपने लिए स्वर्ग के द्वार खोलना है।

एक भलाई करना व्यक्ति के सौ पापों का नाश करने के बराबर है, इसलिए गुनाह से बचो और भलाई करो।

किसी की बुराई करने से अच्छा है कि तुम शत्रु की भी भलाई करो, तब ही यह दुनिया रहने लायक बन सकती है।

भय

हमें केवल भय से ही भयभीत न होना चाहिए, उसका मुक़ाबला करना चाहिए।

भय से भयभीत होना चाहते हो तो बुराइयों को सबसे बड़ा भय समझो।

ईश्वर का भय ही ज्ञान का उदय है, जो पवित्र आत्मा में सूर्य की भांति चमक उठता है।

भगवान

भगवान ने सारी दुनिया के लोगों को खिलाया और सभी मानवों को कपड़ा प्रदान किया।

भाग्य

भाग्य के भरोसे बैठे रहने पर भाग्य सोया रहता है, पर हिम्मत बांध कर खड़े होने पर भाग्य भी उठ खड़ा होता है।

भूख

मनुष्यों में प्रेम की बड़ी भूख है। हम लोगों को भी अपने जीवन में पीड़ा और अकेलापन जैसी दुःख देने वाली चीजों का अनुभव हुआ होगा। हममें इनका सामना करने का साहस होना चाहिए।

प्यार की भूख रोटी की भूख को मिटाने से अधिक मुश्किल है।

प्यार के लिए भूख को मिटाना रोटी के लिए भूख को मिटाने से कहीं ज़्यादा कठिन है।

जब एक ग़रीब व्यक्ति भूख से मर जाता है, यह इसलिए नहीं होता, क्योंकि खुदा ने या किसी और ने उसकी देखभाल नहीं की थी। वरन हमने उपकरणों के होने बावजूद मना कर दिया था।

भूलना

कुछ भी ऐसा न करें जिसे आप एक दिन भूलना चाहें, भगवान आपको माफ कर सकता है, लेकिन आप भूल जाएं, वह ऐसा नहीं कर सकते हैं।

हमें कभी भी अपने परिवार और मित्रों को नहीं भूलना चाहिए।

भूल

हम ग़रीबों का सम्मान करना भूल गए हैं। लेकिन ऐसा करने से हम जीसस को भी भूल गए हैं।

भेष

पीड़ितों में हर कोई किसी न किसी भेष में भगवान है।

भोजन

यदि आप एक सौ लोगों को भोजन नहीं करा सकते हैं, तो सिर्फ एक को ही भोजन करवाएं।

पीड़ित जनों को हमेशा भोजन दो।

म

महानता

भलाई के छोटे-छोटे कार्य करने वाला आदमी एक दिन महानता का पद पा लेता है।

महानता विरासत में नहीं मिलती, महान कार्यों से ही अर्जित की जाती है।

मस्तिष्क

निरन्तरशील अभ्यास मस्तिष्क का बल है, विश्राम नहीं।

मस्तिष्क उत्तम विचारों की शरणस्थली है।

मस्तिष्क विकार नहीं उत्तम विचारों का घर होना चाहिए।

मन

अपने मन को व्यथित मत करो।

जहां तुम्हारी प्रीत है, वहीं तुम्हारा मन भी होगा।

मन को व्यर्थ ही इधर-उधर मत भटकने दो।

मन की चंचलता को वश में कर लिया तो आत्मकल्याण दूर नहीं।

मनुष्य मन की शक्तियों का बादशाह है। संसार की समस्त शक्तियां उसके सामने नतमस्तक हैं।

वास्तविक महानता की उत्पत्ति मन पर खामोश विजय से होती है।

महत्व

महत्व इस बात का नहीं है आप अपने बच्चों के लिए क्या छोड़कर जाते हैं, महत्व तो इस बात का है कि आप इन्हें कैसा बना कर जाते हैं।

महसूस

हमारे अपने परिवार में कोई ऐसा हो जो कि अकेला महसूस कर रहा हो, जो बीमार महसूस कर रहो हो, जो कि दुखी महसूस कर रहो हो। क्या हम वहां पर हैं? पहले हम अपने परिवार के दुःखों के बारे में जानें।

मैं हर इंसान में भगवान को देखती हूं। जब मैं कोढ़ी के घाव धोती हूं, तो मैं खुद को यीशु महसूस करती हूं। क्या यह एक खूबसूरत अनुभव नहीं है।

मछली

मछली पकड़ने तो हर रोज जाया जा सकता है, लेकिन हर रोज मछली पकड़ में आ जाए ऐसा नहीं होता है।

मदद

केवल हम स्वर्ग में ही देखेंगे कि हमने ग़रीबों को कितना दिया था, उनकी कितनी मदद की थी।

सिर्फ एक खुदा है और वह सभी का खुदा है, इसलिए यह महत्वपूर्ण है कि प्रत्येक पहले भगवान को समान रूप में देखे। मैं हमेशा कहना चाहूंगी कि हमें हिन्दुओं की मदद करनी चाहिए : एक अच्छा हिन्दू बनने के लिए, मुसलमान को एक अच्छा मुसलमान बनने के लिए, एक कैथोलिक को एक बेहतर कैथोलिक बनने के लिए।

मृत्यु

ईश्वर ने ही जीवन दिया था, ईश्वर ही ले लेता है। मृत्यु के बाद मानव केवल अच्छे-बुरे कर्म लेकर ही साथ जाता है।

मां

प्यार की एक विशेष शक्ति एक औरत में स्पष्ट रूप से तभी दिखाई पड़ती है, जब वह मां बनती है।

मानव

मानव योनि में जन्म लेकर जिसने जनकल्याण नहीं किया तो उसका जीवन पशु के समान है।

मानव सुख-दुख का मिश्रित पुतला है।

मित्रता

मित्रता हमेशा सज्जन व्यक्ति के साथ करो, भले ही वह शत्रु का पुत्र क्यों न हो।

दुःख के दिनों में ही मित्रता की पहचान की जाती है। अच्छे दिनों में तो सभी मित्र होने का दावा करते हैं, लेकिन बुरे दिनों में तो अपनी परछायी भी मित्र नहीं रहती।

मित्र

मिलने पर मित्र का आदर करो, पीठ पीछे प्रशंसा करो और आवश्यकता के समय उसकी मदद करो।

मुझको

एक गिलास पानी देते हो, वह भी मुझे ही देते हो। यदि एक बच्चे को गोद लेते हो, तो वह मुझे ही लेते हो।

मुस्कराहट

शांति की शुरुआत मुस्कराहट से होती है।

मुस्कुराहट, आपकी खूबसूरती में सुधार करने का एक सस्ता तरीका है।

मुस्कराहट चेहरे का कोहीनूर है।

मुस्कान

मुस्कान पाने वाला मालामाल हो जाता है, पर देने वाला दरिद्र नहीं होता।

मुस्कान थके हुए के लिए विश्राम है, उदास के लिए दिन का प्रकाश है तथा कष्ट के लिए प्रकृति का सर्वोत्तम उपहार है।

मैंने यह कभी नहीं समझा होगा कि हम एक साधारण मुस्कान हासिल कर सकते हैं।

मैं लोगों के चेहरों पर मुस्कान देखने की आदी रही हूं। जैसे वे होंगे वैसी ही मैं भी अपने को महसूस करूंगी।

मूक विजय

स्वयं पर मूक विजय से ही वास्तविक महानता का उदय होता है।

मूर्खता

बिना विचारे कोई काम करना मूर्खता नहीं तो क्या है?

मूर्खता छोड़ो और भलाई के कार्य करते हुए सज्जन बनो।

मेहनत

आपकी कड़ी मेहनत बेकार नहीं जाती।

जिस प्रकार थोड़ी-सी वायु से आग भड़क उठती है, उसी प्रकार थोड़ी-सी मेहनत से भाग्य चमक उठता है।

मौन

हमें खुदा की तलाश है, और खुदा को शोर, जोर, बेचैनी से कभी नहीं पा सकते। खुदा मौन का चित्र है। देखो, कैसे प्रकृति के पेड़ और फूल और घास कैसे चुपचाप बढ़ते हैं। सितारों को देखो, चांद, सूरज कैसे चुपचाप चलते हैं। हम मौन प्रार्थना से अधिक प्राप्त करते हैं, और अपने सक्रिय जीवन में अधिक दे सकते हैं।

मौन कभी-कभी कटु आलोचना होती है और कभी-कभी सच्चाई की स्वीकृति भी।

लड़ाई से बचने के लिए मौन साधना आपके लिए सबसे अच्छा हथियार हो सकता है।

मौन के द्वारा हमारे अन्दर जोश भर जाता है, जिससे हम खुशी से भगवान के लिए कुछ भी कर सकते हैं।

मौन प्रार्थना से हम तेज़ प्राप्त करते हैं, जो हमें अधिक सक्रिय जीवन प्रदान कर सकता है।

य

युद्ध

युद्ध ही करना है, तो ग़रीबी और अशिक्षा के खिलाफ करो।

युद्ध केवल विनाश को ही आमंत्रण देता है।

यीशु

मेरा उद्धार कर, हे यीशु। तेरी इच्छा से प्रेम किया जा रहा है। तेरी इच्छा से प्रशंसा की जा रही है। तेरी इच्छा से सम्मानित किया जा रहा है। तेरी इच्छा से पसंद किया जा रहा है। तेरी इच्छा से परामर्श किया जा रहा है। तेरी इच्छा से मंजूरी दी जा रही है। तेरी इच्छा से लोकप्रियता दी जा रही है। तेरे डर से अपमानित किया जा रहा है। तेरे डर से विरोध किया जा रहा है। तेरे डर से निन्दा की जा रही है। तेरे डर से भूला जा रहा है। तेरे डर से ग़लत ठहराया जा रहा है। तेरे डर से उपहास किया जा रहा है। तेरे डर से शक किया जा रहा है।

प्रिय यीशु, हमारी मदद करो कि हम तुम्हारी खुशबू चारों ओर फैलायें। तुम्हारी आत्मा और जीवन से हमारी आत्मा बाढ़ की तरह बहे। तो पूरी तरह से परोपकार किया जा रहा है हमारे द्वारा। हमारे जीवन में सिर्फ तुम्हारी एक चमक हो सकती है। तुम्हारे माध्यम से चमके और हममें इसलिए हर आत्मा जिसकी हम उपस्थिति में आते हैं।

यीशु का साथ हमें शक्ति, खुशी और प्रेम देता है।

हम तुम्हारी उपस्थिति अपनी आत्मा में महसूस करते हैं। ऊपर अगर कोई हमें देख सकता है, तो वह सिर्फ यीशु है। हमारे साथ रहो, और तब तुम्हारी तरह चमकना शुरू करेंगे। चमको इस तरह जैसे दूसरों को प्रकाश दे रहे हो। यीशु का प्रकाश तुम्हारे चारों ओर फैला होगा, हर कोई हमारा होगा। यह तुम हो, तुम्हारे माध्यम से दूसरों पर चमक है। चलो प्रशंसा करें, तुम बिना उपदेश के, शब्दों के द्वारा नहीं, मगर हमारे उदाहरण द्वारा। पकड़ने के बल से, हमारी सहानुभूति के प्रभाव से, हम क्या करें। हमारे हृदय में तुम्हारे लिए प्रेम भरा हुआ है।

यीशु पूछेगा कि तुम्हारे अन्दर कितना प्रेम है और तुमने क्या किया।

यीशु मेरा ईश्वर है। यीशु मेरा पति है। यीशु मेरी ज़िन्दगी है। यीशु ही मेरा प्रेम है। यीशु मेरा सब कुछ है।

यीशु हमें पाप और स्वार्थ से बचाने के लिए आया था।

घमण्ड सभी कुछ नष्ट कर देता है। यीशु की नक़ल करने के लिए उसके जैसा विनम्र और नम्र होना महत्वपूर्ण है।

यीशु का प्रेम

हमें अपने कर्मों को मसीह के लिए प्रेम में बदलना चाहिए। हमें अपना प्रेम और जीवन जीने का तरीक़ा यीशु के प्रेम के द्वारा करना होगा।

कितने ही लोग हमारे कार्य को व्यवसाय मानते हैं, लेकिन हमारा व्यवसाय यीशु का प्रेम है।

यीशु की माता

यीशु की माता मेरी, मुझे अपना हृदय दो, जो बहुत सुन्दर, शुद्ध और बेदाग है प्रेम और विनम्रता से भरा हुआ, ताकि मैं भी यीशु की तरह रोटी प्राप्त करने में सक्षम हो सकूं। उसके प्यार के रूप में तुम उससे प्यार करती थीं और उसकी सेवा के रूप में तुम उसकी सेवा करती थीं। ग़रीब से ग़रीब की दुःखों में सेवा करते थे।

यीशु की महिमा

हम सभी इस दुनिया में साधु हैं। पवित्रता तुम्हारा और मेरा कर्तव्य है, तो चलो साधु बनें और यीशु की महिमा गायें।

यौवन

साफ सुथरे सादे परिधान में ऐसा यौवन होता है, जिसमें अधिक उम्र छिप जाती है।

यौवन के मद में व्यक्ति अन्धा हो जाता है। लेकिन यदि वह परोपकार के पथ पर चले तो दूर दृष्टि भी उसे मिल सकती है।

र

रहस्य

यह संसार रहस्यों से भरा पड़ा है।

कोई भी ऐसा रहस्य नहीं है, जिसका भेद खुल न जाता हो।

राष्ट्र

राष्ट्र हमें सबकुछ देता है, इसलिए हमें भी राष्ट्र को कुछ देना चाहिए और हम दीन-दुखियों की सेवा करके राष्ट्र ऋण चुका सकते हैं।

राष्ट्र का स्थान ईश्वर से भी बढ़कर है।

राजनीति

राजनीतिक मूर्खों का काम कहा जा सकता है, यदि राजनेता भ्रष्टाचार में लिप्त रहते हैं।

राजनीति और धर्म दो वस्तुएं हैं, प्रायः इन दोनों में सामंजस्य कभी नहीं हो सकता।

रुकावटें

रुकावटें वे भयावह वस्तुएं हैं, जो आप उस समय देखते हैं जब आप अपने लक्ष्य से ध्यान हटा लेते हैं।

रुचि

छोटी चीज़ों को बड़ी रुचि से करो।

रुदन

रुदन करने से कोई लाभ नहीं, हां मुस्कराने से अवश्य लाभ होता है।

शोक और वियोग में भी रुदन को एक सीमा तक ही रखो।

रोटी

कभी-कभी लोगों को रोटी से ज़्यादा भूख हो सकती है। यह मुमकिन है कि हमारे बच्चे, हमारा पति, हमारी पत्नी : उन्हें रोटी की भूख नहीं है, कपड़ों की ज़रूरत नहीं है। घर की कमी नहीं है। मगर क्या हमें पक्का यकीन है कि हमें अकेला महसूस नहीं होता? छोड़ देना, नज़रंदाज करना, कुछ स्नेह की आवश्यकता है। यह ही ग़रीबी है।

रोटी का टुकड़ा

प्रेम से भगवान के द्वारा दिया गया रोटी का टुकड़ा उस ग़रीब को दिया, उन्होंने कपड़ों के देने की भी पेशकश की, जिससे यह वार्ड में ठण्ड से बचा रहे। यह सब हुआ क्योंकि हमने जब यीशु को नहीं याद रखा, एक बार फिर वह दर्द की पीड़ा से पीड़ित हुआ, ठण्ड से सिकुड़ते व्यक्ति से पहचान की, जो भूख से मर रहा है, जब वे अकेले इंसान के रूप में आया, तो वह उस खोये हुए उस बच्चे की तलाश में निकल आया।

ऋण

ऋणी होना सबसे बड़ी निर्धनता है।

ऋण लेने का मतलब है दुःखों को ख़रीद लेना और वह भी सुख के बदले।

लोगों को ऋण न दो, उन्हें दान दो।

ल

लक्ष्मी

लक्ष्मी की सच्ची पूजा पीड़ितों की धन से सेवा करना है।

लक्ष्मी उन्हीं की सहायता करती है, जो पीड़ितों की सहायता करता है।

लड़की

लड़कियां भी समाज-सेवा में पुरुषों से कम नहीं हैं।

लड़कियों की हमेशा मदद करो, क्योंकि ये सृष्टि चलाती हैं।

लक्ष्य

विफलता नहीं, बल्कि दोयम दर्जे का लक्ष्य एक अपराध है।

लापरवाही

लापरवाही अज्ञानता से भी अधिक नुक़सान पहुंचाती है।

लापरवाही बरतनी है, तो बुरे कार्यों में हमेशा बरतों और उन्हें भूल जाओ।

लेखक

यदि तुम लेखक बनने के आकांक्षी हो तो लिखो, लेकिन जन-कल्याण की गाथा लिखो।

जिस बात को हम भली प्रकार समझते हैं, उसी को भली प्रकार व्यक्त करके लेखक बन सकते हैं।

व

व्यक्ति

जिस व्यक्ति का कोई चाहने वाला न हो, कोई ख़्याल रखने वाला न हो, जिसे हर कोई भूल चुका हो, मेरे विचार से वह किसी ऐसे व्यक्ति की तुलना में जिसके पास कुछ खाने को न हो, कहीं बड़ी भूख, कहीं बड़ी ग़रीबी से ग्रस्त है।

व्यवहार

आपके जीवन का नियंत्रण केन्द्र आपका अपना रवैय्या है।

व्यापार

व्यापार ही करना है तो सेवाभाव का करो, ताकि धन के रूप में परमेश्वर मिल जाए।

जो व्यापार सार्वजनिक व्याप्त है, वह भला किसका व्यापार हो सकता है।

वृद्धावस्था

वृद्धावस्था अनुभवों का सार है।

वस्तु

सबसे अधिक स्वाभाविक वस्तु गृहस्थ जीवन है। परिवार को एक साथ क्यों रखता है, परिवार का एक साथ भरण-पोषण जीवन में क्या होता है, वह है एक-दूसरे के प्रति समर्पण, आज्ञा पालन और एक-दूसरे के प्रति स्वीकारोक्ति।

वफादार

छोटी चीजों में वफादार रहिये, क्योंकि इन्हीं में आपकी शक्ति निहित है।

वाद-विवाद

वाद-विवाद से कुछ भी हासिल नहीं किया जा सकता।

वाद-विवाद छोड़कर कुछ ऐसा करो, जिससे तुम स्वयं ही चर्चा का विषय बन जाओ।

वाणी

अपनी वाणी को जितना हो सके निर्मल और पवित्र रखें, क्योंकि संभव है कि कल आपको उन्हें वापस लेना पड़ सकता है।

विवाह

प्रेम में मनुष्य सपनों में खोया रहता है, किन्तु विवाह होते ही वह जाग जाता है।

विवाह एक पवित्र बन्धन है।

विश्व

जिस प्रकार हम ईर्ष्या एवं कुटिलता द्वारा विश्व को नरक बना सकते हैं, वैसे ही प्रेम द्वारा इसे स्वर्ग भी बनाया जा सकता है।

सारा विश्व एक परिवार होते हुए भी वैर-भाव क्यों नहीं भूलता।

विचार

विचार पुष्पों के समान हैं और कल्याण के पथ पर चलाने के लिए अचूक मंत्र भी।

जैसा कोई किसी के हृदय में विचार है, वैसा ही वह होता भी है। इसलिए अच्छे विचार धारण करो।

अच्छे विचार जहां से भी मिले, तुरन्त धारण कर लो।

विवेक

उड़ने की अपेक्षा जब हम झुकते हैं, तब विवेक के अधिक निकट होते हैं।

विवेक जीवन का नमक है और कल्पना उसकी मिठास। एक जीवन को सुरक्षित रखता है और दूसरा उसे मधुर बनाता है।

विजय

प्रलोभनों के प्रतिरोध का हर क्षण एक महान विजय है।

विजय ही पानी है, तो दुर्गणों पर विजय पाओ और सद्गुणों को धारण करो।

विश्राम

श्रम का अन्त ही विश्राम है और विश्राम स्वर्ग में मिलता है, इसलिए जनसेवा मे लगे रहो।

विश्वास

भगवान में विश्वास न रखने वाले व्यक्ति के लिए, मृत्यु एक अंत है, लेकिन विश्वास करने वाले के लिए यह शुरुआत है।

हम उसी विश्वास के आधार पर चलते हैं, जो हमें परम पिता परमेश्वर ने भेंट किया है।

विश्वास के बल पर ही यह धरती टिकी हुई है।

विश्वास हृदय की वह कलम है, जो स्वर्गीय वस्तुओं को चित्रित करती है।

वे ही विजयी हो सकते हैं, जिनमें विश्वास है कि वे विजयी होंगे।

छोटी चीज़ों की समाप्ति भी छोटी ही होती है, लेकिन छोटी चीज़ों में विश्वास करना बड़ी बात है।

मैं प्रार्थना करती हूं कि भगवान में तुम्हारा विश्वास बना रहे, उसमें अजन्मा बच्चा भी शामिल है।

विनम्र

कभी भी दूसरों की राय सुनकर परेशान नहीं होना चाहिए। विनम्र बनो। तब तुम्हें कभी परेशानी नहीं होगी।

वीरता

वीरता ही दिखानी है तो अच्छे कार्यों को करने में दिखाएं।

वीरता एक सस्ता और अशिष्ट गुण है, क्योंकि यह किसी को पराजित

करके प्राप्त होती है। इसलिए किसी को पराजित करने में गर्व का अनुभव नहीं होना चाहिए।

शारीरिक वीरता एक पाशविक प्रवृत्ति है। मनुष्य की असली वीरता तो मानसिक और नैतिक होती है।

श

शक्ति

यीशु की तरह संसार में हमें खुद से नहीं, दूसरों से प्रेम करना होगा। यीशु हमारी शक्ति है।

शब्द

दयालु शब्द आसान और बोलने में छोटे होते हैं, मगर उनकी मुस्कान वास्तव में बहुत बड़ी है।

अपने शब्दों को अल्पतम रखो, लेकिन अच्छे कार्यों को विस्तार दो।

न्यायसंगत शब्दों में महान शक्ति होती है।

शब्दों में परमाणु बम से अधिक ऊर्जा होती है, इसलिए अच्छे शब्दों का प्रसार करो।

शब्द पत्तियों की तरह हैं जब वे ज़्यादा होते हैं तो अर्थ के फल दिखाई नहीं देते।

शरीर

तुम्हारा शरीर पवित्रात्मा का मन्दिर है, इसे पवित्र ही रखो।

हमारा शरीर परमात्मा की आराधना के लिए ही है। फिर तुम ऐसा क्यों नहीं करते हो।

शहीद

समाज सेवा करने वाला व्यक्ति ज़िन्दा शहीद होता है।

शान्ति

हमें ईश्वर को इस अवसर को प्रदान करने के लिए धन्यवाद देना चाहिए कि हम लोग आज एक साथ हैं। शान्ति का यह उपहार हमें याद दिलाता है कि हमने जीवन में स्थायी शान्ति का निर्माण किया है। जीसस एक आदमी है, जो इस बात को कहता है कि वह गरीबों के लिए एक अच्छा समाचार लेकर आया है और यह अच्छा समाचार शान्ति का है। ईश्वर इस संसार को बहुत प्रेम करते हैं। इसीलिए उन्होंने अपने बेटे को पृथ्वी पर शान्ति और खुशहाली का प्रकाश फैलाने के लिए भेजा।

यदि हमारे मन में शांति नहीं है तो इसकी वजह है कि हम यह भूल चुके हैं कि हम एक दूसरे के दुःख-दर्द को समझने के लिए ही इस दुनिया में आए हैं।

यदि आप मानसिक शांति के बदले में साम्राज्य भी प्राप्त करते हैं, तो भी आप पराजित ही हैं।

मौन का फल है प्रार्थना, प्रार्थना का फल है विश्वास, विश्वास का फल है प्रेम, प्रेम का फल है सेवा और सेवा का फल है शान्ति।

अपने हृदय को शुद्ध रखो, एक पवित्र हृदय के लिए यह आवश्यक है कि वह एक-दूसरे में भगवान को देखे। यदि तुम्हें एक-दूसरे में भगवान दिखें, तब वहां एक-दूसरे के लिए शांति है।

आज हमारे पास शान्ति नहीं है, क्योंकि हम भूल गए हैं कि हम एक-दूसरे के लिए बने हैं।

पवित्र कार्यों से ही मन को सच्ची शान्ति मिलती है।

यदि सम्मान के साथ शान्ति नहीं मिलती, तो यहां रहने से क्या लाभ है।

जब मैं भूखा था, तुमने मुझे खाना दे दिया। जब मैं प्यासा था, तुमने मुझे पानी दे दिया। तुमने आख़री सांस तक मेरे लिए क्या कुछ नहीं किया, तुमने मेरे लिए किया था। जब मैं एक अजनबी था, तुमने अपने दरवाज़े खोल दिए। जब मैं नंगा था, तुमने मुझे कपड़े दिए। जब मैं थका हुआ था, तुमने मुझे शान्ति दी। जब मैं डर गया था तुमने मुझे शान्त कर दिया। जब मैं अकेला था, तुमने मुझे अपना प्रेम दिया। दोस्ती करने के लिए खोजा, तुमने मुझे अपना हाथ दे दिया। जब मैं बीमार या घायल हो गया था, तुमने मुझे अपना हाथ दे दिया। जब मैं बीमार या घायल हो गया था, तुमने मेरी देखभाल की। जब मैं बूढ़ा था, तुम मेरे लिए मुस्कुराए। जब मुझे शान्ति नहीं मिल सकी, तुम मुझे ले आए। निराशा के समय तुम मेरे साथ थे और खुशी के समय हम एक साथ थे।

शांति एक मुस्कान के साथ शुरू होती है और यदि आप चाहें तो वह शाश्वत रह सकती है।

यदि हमारे बीच कोई शांति नहीं है, तो वह इसलिए क्योंकि हम भूल गए हैं कि हम एक दूसरे से संबंधित हैं।

शिशु

हम सब परमेश्वर के शिशु ही हैं।

शिशु को वही शिक्षा दो, जिस मार्ग पर उसे जीवन भर चलना है।

शिक्षा

जो मनुष्य अपने कर्तव्य को अच्छी तरह करने की शिक्षा पा चुका है, वह मनुष्य समाज-सेवा से कभी नहीं भाग सकता।

शिक्षा शत्रु से भी ग्रहण कर लेनी चाहिए।

शिष्टाचार

शिष्टाचार के द्वारा कोई भी मनुष्य संसार में उन्नति पथ पर आगे बढ़ सकता है।

शुद्ध

हर कोई निर्मल और मरियम की तरह शुद्ध हो सकता है, ताकि हम सभी प्रेम और शान्ति में रहें।

शुरुआत

कल बीत गया। कल फिर नहीं आएगा। हम लोगों के पास केवल आज

है। चलो, शुरुआत करें। कुछ अच्छा करें ऐसा कार्य जिससे दूसरों को शान्ति प्राप्त हो।

शुभ-भावना

ईर्ष्या या घृणा के विचार मन में प्रवेश होते ही खुशी गायब हो जाती है, प्रेम व शुभ-भावना युक्त विचारों से उदासी दूर हो जाती है।

शुभारम्भ

अच्छे कार्यों का शुभारम्भ, आधा कष्ट खतम होने के बराबर है।

श्र

श्रम

जंग लगकर नष्ट होने की अपेक्षा श्रम करते हुए परोपकारी होकर मरना अच्छा है।

श्रम करने में कोई बुराई नहीं, वरन गौरव की बात है।

श्रम ही करना है, तो लक्ष्य प्राप्ति के लिए करो।

शृंखला

अच्छा कार्य करना प्रेम की एक शृंखला है। जो इस दुनिया में आकर अच्छा कार्य नहीं करता, वह स्वर्ग नहीं पाता।

स

स्नान

खुशी प्रेम का जल है, जिससे हमें प्रतिदिन स्नान करना चाहिए।

स्वार्थी

यदि तुम दयालु हो, लोग तुम पर स्वार्थी होने का आरोप लगाएंगे।

स्वतंत्रता

जो व्यक्ति अपना स्वामी नहीं वह कभी स्वतंत्रता का स्वाद नहीं चख सकता।

स्वतंत्रता कितनी मोहक कल्पना है। व्यक्ति सर्वस्व की बाज़ी लगाकर भी उसे पाने को लालायित रहता है।

स्वदेश-प्रेम

भूखे पेट कोई भी देशभक्त नहीं हो सकता। इसलिए पहले ग़रीबी से मुक्ति पाना ज़रूरी है, यही सच्चा स्वदेशप्रेम है।

मिट्टी, वन, पर्वत से प्रीत लगाना स्वदेश प्रेम नहीं, प्राणी मात्र की सेवा में जीवन अर्पित करना ही सच्चा स्वदेश-प्रेम है।

स्वास्थ्य

प्रसन्नता ही स्वास्थ्य है और इसके विपरीत मलीनता एक ऐसी बीमारी है, जिसका उपचार सम्भव नहीं।

उत्तम स्वास्थ्य महान सम्पत्ति है।

स्वर्ग

स्वर्ग में दुष्ट सताना छोड़ देते हैं और बैररहित कार्यों से थके हुए विश्राम करते हैं।

मेरे पिता के घर (स्वर्ग) में असंख्य विशाल राजप्रासाद हैं, जिनमें परोपकारी विश्राम पाते हैं।

स्व प्रेरित

स्व प्रेरित होकर कार्य करना किसी बुद्धिमान व्यक्ति का सबसे मजबूत गुण होता है।

संगठन

सब एक के लिए और एक सबके लिए होने चाहिए, इसी से संगठन बनता है और सुदृढ़ समाज भी।

जो संगठन में विश्वास नहीं करता, उसे जंगलों में भगा देना चाहिए।

संदेश

यदि आप चाहते हैं कि एक प्रेम संदेश सुना जाए तो पहले उसे भेजें। ठीक ऐसे जैसे एक चिराग को जलाए रखने के लिए हमें दिए में तेल डालते रहना पड़ता है।

संक्षेप

अपने भावों को संक्षेप में व्यक्त करो, इसी में आपकी बुद्धिमानी है।

संक्षेप में की गई प्रार्थना ईश्वर को प्रिय लगती है।

संयम

जो अपने मुख और जिह्वा पर संयम रखता है, वह अपनी आत्मा को सन्तोषों से बचाकर स्वर्ग के द्वार स्वयं ही खोलता है।

जो संयम से कार्य लेता है, वही श्रद्धा का पात्र बन जाता है और तुम इस लाभ से वंचित क्यों हो।

संगति

संगति करनी है, तो अच्छे लोगों की करो।

मुझे व्यक्ति की संगति बता दो मैं उसका चरित्र बता दूंगी।

सन्तोष

सबसे अधिक प्राप्ति उसी को होती है, जो सन्तुष्ट होता है।

सन्तोष से बढ़कर कोई सुख इस दुनिया में नहीं है।

दूसरे से तुलना किए बिना अपने जीवन का उपभोग करो, यही परम् सन्तोष है।

सन्तोष स्वर्ग के सुख से भी बढ़कर है।

समय

समाज सेवा कभी न करने की अपेक्षा विलम्ब से करनी श्रेयस्कर है, ऐसी सेवा भी समय से की गई समाज सेवा कही जाएगी।

जो समय की कद्र नहीं करता, समय उसको धूल में मिला देता है।

आपके पास जनकल्याण के लिए जितना समय अभी है, उससे अधिक समय कभी नहीं होगा।

यदि तुम अच्छा करते हो तो आपको लोग देखते पहले, और सुनते बाद में हैं।

अगर आप को सफर आसान लगने लगे तो हो सकता है आप उतार में जा रहे हों।

आपकी मनोवृत्ति ही आपकी महानता को निर्धारित करती है।

सत्य

सत्य और दया को मत त्यागों, क्योंकि ये दोनों अनमोल रत्न हैं।

सत्य ही महान है और परम शक्तिशाली! सत्य ईश्वर का असली स्वरूप है।

और जब तुम सत्य को पहचान सकोगे, तो सत्य तुम्हें स्वतंत्र बना देगा और ईश्वर का आभास करा देगा।

मुझे मृत्यु से जीवन दो और असत्य से सत्य दो, निराशा से आशा, और डर से विश्वास, घृणा से प्रेम और युद्ध से शान्ति। चलो, अपने हृदय को शान्ति से भरें, अपनी दुनिया अपने ब्रह्मांड को शान्ति से भरें।

जो इंसान इस जग में दुःखी और बीमार है, उसी की सेवा से ईश्वर की प्राप्ति होगी।

सफलता

सफलता बिना परिश्रम के संभव नहीं है।

सतत साधना के महापरिणाम का नाम ही सफलता है, जो विरलों को ही प्राप्त होती है।

सफलता परिश्रम का सुफल होती है।

समान

कुछ लोग ये क्यों कह रहे हैं कि महिलाएं और पुरुष समान हैं, वे पुरुषों और महिलाओं के बीच खूबसूरत मतभेदों को नकार रहे हैं।

सम्पदा

दूसरों की सेवा ही असली सम्पदा है।

जो धनी बनने की शीघ्रता में है, वह सम्पदा पाकर भी कभी निर्दोष नहीं हो सकता।

चरित्र निर्माण अनमोल सम्पदा है।

सद्गुण

व्यसनों के प्रति विरोध का नाम ही सद्गुण नहीं है, अपितु व्यसनों की ओर न झुकना ही सद्गुण है।

अपने बच्चों को केवल सद्‌गुण की शिक्षा दीजिए। सद्‌गुण अकेला ही उनका जीवन धन्य कर देगा।

एक सद्‌गुण सौ बुराइयों पर भी भारी होता है।

सहानुभूति

जो दीन-दुखियों के प्रति सहानुभूति नहीं रखते, उनके जीने का कोई अर्थ नहीं।

सहानुभूति सद्‌गुणों की जननी है। जो व्यक्ति सहानुभूति रखता है, वह भी सहानुभूति ही पाता है।

सभ्यता

जो अपनी सभ्यता-संस्कृति भुला देता है, वह जाति सदा के लिए समाप्त हो जाती है।

हम समझते हैं कि हमारी सभ्यता अपने सर्वोच्च शिखर पर है, किन्तु वह केवल अपने शैशव में ही है, क्योंकि हम आज भी पीड़ितों के प्रति सच्चे दिल से दया नहीं दर्शाते।

सम्मति

स्वयं को तुमसे बढ़कर सम्मति तुम्हें और कोई नहीं दे सकता, क्योंकि तुम जैसा करोगे, वैसा ही फल मिलेगा।

अच्छे गुणों से बढ़कर कोई असल सम्पत्ति नहीं होती।

जब कभी भी सम्मति दो, तो सदैव संक्षेप में दो। इसी में आपकी बुद्धिमानी है।

सकारात्मक

अपने सकारात्मक विचारों को ईमानदारी और बिना थके हुए कार्यों में लगाएं और आपको सफलता के लिए प्रयास नहीं करना पड़ेगा, अपितु अपरिमित सफलताएं आपके कदमों में होंगी।

समझौता

समझौता एक अच्छा छाता भले बन सकता है, लेकिन अच्छी छत नहीं।

सपना

सपना वो नहीं जो नींद में आए, सपने वे हैं जिसे पूरा किए बिना नींद न आए।

समय और समुद्र

समय और समुद्र की लहरें किसी का इंतजार नहीं करतीं।

समय और समुद्र हमेशा कड़ी मेहनत करने वालों के मित्र रहे हैं।

समय तब तक दुश्मन नहीं बनता जब तक आप इसे व्यर्थ गंवाने का प्रयास नहीं करते हैं। याद रखो बीता हुआ समय कभी वापस नहीं आता, इसलिए कुछ अच्छा ही करो।

कुछ लोग समुद्र जैसी विशाल सफलता के सपने देखते हैं, जबकि अन्य व्यक्ति जागते हैं और इसके लिए कड़ी मेहनत करते हैं।

सत्य की चमक

कविता का बाना पहन कर सत्य और भी चमक उठता है।

सज़ा

तुम्हारे पास बहुत है, तुमने बहुत पाया है और तुमने बहुत कम दिया है। ग़रीबी हमारे लिए आज़ादी है। यह एक सज़ा नहीं है।

साम्यवाद

साम्यवादी समाज ही है, किन्तु विचारों से निरपेक्ष नहीं है।

संसार को साम्यवाद नहीं, समाजवाद या परोपकारवाद की ज़रूरत है।

सामर्थ्य

आप अपने भगवान के सामर्थ्य को अपनी चिंताओं की सूची के आकार को देखकर बता सकते हैं। जितनी लंबी सूची होगी, उतना ही आपके भगवान का सामर्थ्य कम होगा।

सावधानी

जो हर कार्य में सावधानी बरतते हैं, वही सफलता पाते हैं।

साधु

मृत्यु के तथ्य को सोचकर हमें उदास नहीं होना चाहिए। हमें एक ही बात सोचकर उदास होना चाहिए कि हम साधु नहीं हैं, क्योंकि यदि हम साधु बन जाएंगे तो हमें बड़ी ही सावधानी की ज़रूरत पड़ेगी, लेकिन आज साधुओं की नहीं सज्जनों की ज़रूरत है।

सावधानी साधुओं की सबसे बड़ी कसौटी है।

साधुओं का कार्य मनुष्य की सेवा करना है। बिना मतलब रोटी तोड़ना कतई नहीं।

सादगी

सादगी या सरलता महानता की पथदर्शिका हैं।

कृत्रिम सादगी का प्रदर्शन केवल छल है और कुछ नहीं।

साहस

मेरी प्रार्थना तुम्हारे लिए है, ताकि तुम इसे समझो और तुम्हारे अन्दर यीशु को उत्तर देने का साहस पैदा हो।

जिस काम की तुम कल्पना करते हो उसमें जुट जाओ। साहस में प्रतिभा, शक्ति और जादू है। साहस से काम शुरू करो पूरा अवश्य होगा।

जो मनुष्य साहस करके एक पाठशाला खोलता है, वह एक जेलखाना बंद करता है।

जिसने साहसपूर्वक अकेलेपन को जीता उसने सबकुछ जीता।

जिस काम की तुम कल्पना करते हो, उसमें जुट जाओ, साहस में प्रतिभा, शक्ति और जादू है, साहस से काम शुरू करो पूरा अवश्य होगा।

जब भगवान आपकी समस्याएं हल करते हैं, तब आपको उन पर विश्वास

रहता है और जब, भगवान आपकी समस्याएं हल नहीं करते, तब उन्हें आप पर विश्वास रहता है। लेकिन साहस के साथ आप स्वीकारते नहीं।

साहसी के कार्य परिहास के नहीं हो सकते।

जाति, धर्म अलग-अलग हो सकते हैं, और इबादत करने के तरीके भी भिन्न हो सकते हैं, लेकिन समाजसेवी का धर्म साहस है।

साहस करके यदि आप जीत जाते हैं, तो आप प्रसन्न होंगे, यदि आप हार जाते हैं, तो आप समझदार बन जाएंगे।

सिद्धांत

वास्तविकता के द्वारा सिद्धांत कार्य में परिणति बदलते हैं।

महत्वपूर्ण सिद्धांत लचीले होने चाहिएं, ताकि जन-साधारण लाभान्वित हो सके।

सुख

यदि आप कम धन में सुख का अनुभव करना नहीं जानते, तो कुबेर का खजाना भी आपको सुखी नहीं बना सकता।

सबसे पहला सुख उत्तम स्वास्थ्य में समाया हुआ है। इसलिए अपने स्वास्थ्य की ओर पहले ध्यान दो और फिर लोगों के स्वास्थ्य की ओर ध्यान दो, क्योंकि यदि तुम्हारे आसपास लोग स्वस्थ होंगे तो तुम भी तभी स्वस्थ रह सकते हो।

जो परोपकार में विश्वास रखता है, वह हरदम सुख का ही अनुभव करता है।

सुयश

यदि मृत्यु के बाद सुयश मिलता है, तो मुझे इसके लिए कोई जल्दी नहीं है।

मुझे सुयश नहीं, ऐसे साधन चाहिए, जिसमें मैं पीड़ितों की सेवा कर सकूं और समाजसेवा ही मेरे लिए सुयश है।

सुधार

आलोचना से बचने का अचूक शस्त्र स्वयं को सुधार लेना है।

जो ग़लतियों से सीख नहीं लेता, उसका सुधार परमेश्वर भी नहीं कर सकता।

सुधार अपने से ही प्रारम्भ होने चाहिएं और वहीं तक सीमित भी रहने चाहिएं, क्योंकि आत्म सुधार ही परमेश्वर के मिलने का रास्ता है।

सबसे अधिक ज्ञानी वही है जो अपनी कमियों को समझकर उनका सुधार कर सकता हो।

सुन्दर

यदि वह सारा पैसा हम लोगों को मारने में व्यर्थ कर रहे हैं, यदि वही पैसा लोगों को खिलाने, घर देने और उन्हें पढ़ाने में व्यय करें तो दुनिया कितनी सुन्दर होगी।

सेवा

हमें इस योग्य बनाओ कि हम अपने साथियों की सेवा करें जो पूरी दुनिया में हैं, जो जीते और मरते ग़रीबी और भूख में। आज उन्हें दो, हमारे हाथों के द्वारा, उनकी दैनिक रोटी हमारे प्रेम की समझ, शान्ति और जोश दो।

सोच

अपनी सोच को कैसे बेहतर बनाया जाए, यह सीखने से उत्कृष्ट कुछ नहीं है।

सोचना

केवल सोचने से कुछ उपलब्धि प्राप्त नहीं होती है।

सौभाग्य

सौभाग्य वीर से डरता है और कायर को डराता है।

सौंदर्य

सौंदर्य एक शक्ति है और मुस्कान इस शक्ति की एक सच्ची शरणस्थली।

दीन-दुखियों की सेवा से बढ़कर कोई सौंदर्य नहीं।

ईश्वर की सारी सृष्टि में सौंदर्य भरा पड़ा है, लेकिन इस सौंदर्य को निहारने वालों की जरूरत है, जो इसका रसपान कर सके। परंतु रसपान किसे कहते हैं, यह समझने वाली बात है। मेरी दृष्टि में परमार्थ के कार्य करना ही रसपान है।

सौ बरस

सौ बरस जीने के लिए उन सभी सुखों को छोड़ना होता है जिन सुखों

के लिए हम सौ बरस जीना चाहते हैं। चाहे दस वर्ष जीओ, लेकिन लोगों की भलाई करके जिओ, ताकि तुम्हारे जाने के बाद भी लोग तुम्हें युगों-युगों तक याद रख सकें।

ह

हंसमुख

हंसमुख व्यक्ति वह फुहार है, जिसके छींटें सबके मन को ठंडा करते हैं।

हंसना

हंसते हुए जो समय आप व्यतीत करते हैं, वह ईश्वर के साथ व्यतीत किया समय है।

हृदय

मृत्यु से जीवन का मार्ग, झूठ से सच का मार्गदर्शन करो, निराशा से आशा, डर से विश्वास का मार्गदर्शन करो, घृणा से प्रेम तक, युद्ध से शान्ति तक, चलो हृदय में शान्ति भरें।

अपने हृदय को कभी असफल होने पर निराश मत करो। तुम उसके लिए और भी अधिक अच्छा प्रयास करो।

यदि आप हृदय से विनम्र हैं, तो कोई आपको छू भी नहीं सकता। दिल में विनम्रता का भाव हमेशा रखो।

हतोत्साहित

यदि आप हतोत्साहित हो रहे हैं तो यह गर्व की बात है, क्योंकि यह अपनी शक्तियों को सच्चाई से दिखाता है।

हमारी सुंदरता

सुन्दरता बिना श्रृंगार के मन मोहती है। लेकिन सुंदरता अच्छे कार्यों में है। जो अच्छे कार्यों में विश्वास नहीं रखता या अच्छे कार्य नहीं करता, वह भले ही स्वर्ग की सुंदरी हो, उसका होना या न होना व्यर्थ है और उससे बढ़कर कुरूप भला फिर कौन है।

हृदय की पवित्रता

वास्तविक सौन्दर्य हृदय की पवित्रता में है। जिसका हृदय पवित्र होगा, वह हमेशा अच्छे कार्य करेगा और अच्छे कार्य मेरे मसीह को हमेशा अच्छे लगते हैं और वह अच्छे कार्य करने वालों का ही प्रिय साथी है।

सुन्दर वही हो सकता है जो कल्याणकारी हो और कल्याणकारी वही हो सकता है, जिसका हृदय पवित्र हो और हृदय उसका ही पवित्र हो सकता है, जो अच्छे कार्य करता हो।

चाहे कोई जीव छोटा हो या बेहद बड़ा वह खुबसूरती को परिभाषित नहीं करता, क्योंकि उसको एक दृष्टि मात्र में देखने पर उसकी छवि स्पष्ट नहीं होती है, इसलिए वे परिपूर्ण की श्रेणी में नहीं आते। हां लेकिन यदि कोई बच्चा ही क्यों न हो और उसका हृदय पवित्र है और वह अच्छे कार्य करता है, तो वह रंगरूप में भले ही कृष्ण जैसा हो, लेकिन निश्चय ही वह भगवान भी होगा।

सूरज डूब गया तो वसंत भी नहीं आएगा। लेकिन हृदय की पवित्रता हमेशा ऐसे कार्य करने को प्रेरित करती है, जिससे यश का सूर्य कभी नहीं डूबता।

पवित्र हृदय के साथ अच्छे कार्य करने में ही सुंदरता प्रकट होती है और सुंदरता जब आपको आकर्षित कर रही होती है, व्यक्तित्व तब तक आपके दिल पर कब्जा कर चुका होता है।

हम सारी दुनिया घूमते और खूबसूरती तलाशते रहते हैं, कभी मुड़ के भी नहीं देखते, हृदय को देखें और उसकी पवित्रता को देखें फिर आपसे अधिक सुंदर कौन हो सकता है।

यदि कोई हृदय की पवित्रता के बल पर अच्छे कार्य करता है, तो उसकी शारीरिक कुरूपता सौंदर्य है।

हार

जब तक अपनी हार को दब्बूपने से स्वीकार नहीं कर लेते, आप हारने के लिए नहीं बने हैं।

हास्य

मैं हर समय हंसने की शीघ्रता इसलिए करती हूं कि कहीं मुझे रोना न पड़े, क्योंकि जो रोता है, वह न केवल समय खोता है, वरन अपनी बुद्धि भी गंवा देता है।

केवल मनुष्य ही ऐसा जीव है जो हास्य की शक्ति से सम्पन्न है, लेकिन इस शक्ति की सार्थकता तभी है, जब वह परोपकार करते हुए मुस्कराये।

हास्य किसी औषधि से बढ़कर नहीं। लेकिन हास्य के द्वारा किसी के दिल को नुकसान नहीं वरन सुकून मिलना चाहिए।

हिसाब

अन्तरात्मा की इतनी ही आवाज़ है कि वह गर्भपात प्रदर्शन कर सकते हैं। जब हम मर जाएंगे, हम खुदा के आमने-सामने होंगे, जीवन के लेखक के तौर पर। उन लाखों बच्चों जिन्हें जीने का मौका नहीं मिला, प्रेम का अनुभव नहीं मिला, उनका हिसाब कौन देगा?

हिंसा

धोखा देना, घृणा, रिश्वत, पाखंडपूर्ण जीवन जीना हिंसा है और अच्छे कार्य करना परोपकार। यह तुम पर निर्भर है कि तुम किसका चयन करते हो।

मैं हिंसा में विश्वास नहीं करती, क्योंकि इससे कुछ भी हासिल नहीं होता। मैं तो परोपकार में विश्वास करती हूं, क्योंकि इससे कम से कम मन को शांति तो मिलती है।

हिंसा क्यों करते हो, प्रेम करो और यदि किसी से प्रेम नहीं कर सकते तो तुम्हें हिंसा करने का भी अधिकार नहीं है।

हिंसक प्राणी

जो समाज को कुछ देता नहीं, वह हिंसक प्राणी के ही समान है। इसलिए समाज को देना सीखो, क्योंकि जन्म से लेकर मृत्युपर्यंत तुम लेने के चक्कर में ही पड़े रहते हो, लेकिन यह भूल जाते हो कि तुम अपने साथ कुछ लेकर नहीं जाने वाले। केवल अच्छे कार्यों का यश ही तुम्हारे साथ जाता है, जो तुम्हारा परलोक सुधार सकता है।

हिंसक प्राणी भी आपस में प्रेम का बर्ताव करते हैं, फिर तुम मनुष्य होकर भी हिंसक क्यों बनते हो।

हितैषी

सच्चा हितैषी वही हो सकता है, जो लोगों के दुख-दर्द को जानता है और उन्हें दूर करने के लिए परेशान हो उठता है।

हितकारी

तुमने इस दुनिया में जन्म लिया है, केवल पेट पालने के लिए नहीं, बल्कि अच्छे कार्य करने के लिए। इसलिए हितकारी बनो, क्योंकि इसी में तुम्हारा और जग का कल्याण है।

एक हितकारी मनुष्य सौ दुष्टों पर भारी हो सकता है, क्योंकि एक भलाई सौ बुराइयों का दमन कर सकती है।

ज्ञ

ज्ञान

ज्ञान एक अनमोल वस्तु है, लेकिन सच्चा ज्ञानी वही है, जो उसे धारण करके दूसरों के कल्याण के लिए उसका उपयोग करता है। केवल आत्मकल्याण के लिए ज्ञान को प्राप्त करना व्यर्थ है।

ज्ञान के बिना मनुष्य का जीवन पशु के समान है।

ज्ञानी

ज्ञानी लोग हमेशा संसार की भलाई करने के बारे में ही सोचते हैं, लेकिन अज्ञानी हमेशा अपने ही उत्थान के विषय में विचारा करते हैं।

ज्ञानी पुरुष की सबसे बड़ी संपत्ति उसका अपना ज्ञान तभी हो सकती है, जब वह उसे दूसरों के कल्याण में लगाए।

ज्ञान मार्ग

भारत में आकर मुझे हमेशा ज्ञान मार्ग का ही आभास हुआ, लेकिन सच्चा ज्ञान तो दुखियों के कष्ट हरना ही है। साधु-संन्यासी बनकर ज्ञान बटोरना मूर्खता ही है, यदि जीवन कल्याणकारी कार्यों में नहीं लगाया।

गुरु से ज्ञान मार्ग का पता तो पूछ लेते हो, लेकिन क्या तुमने कभी यह भी पूछा है कि यह दुनिया सुंदर कैसे बन सकती है।

●●●